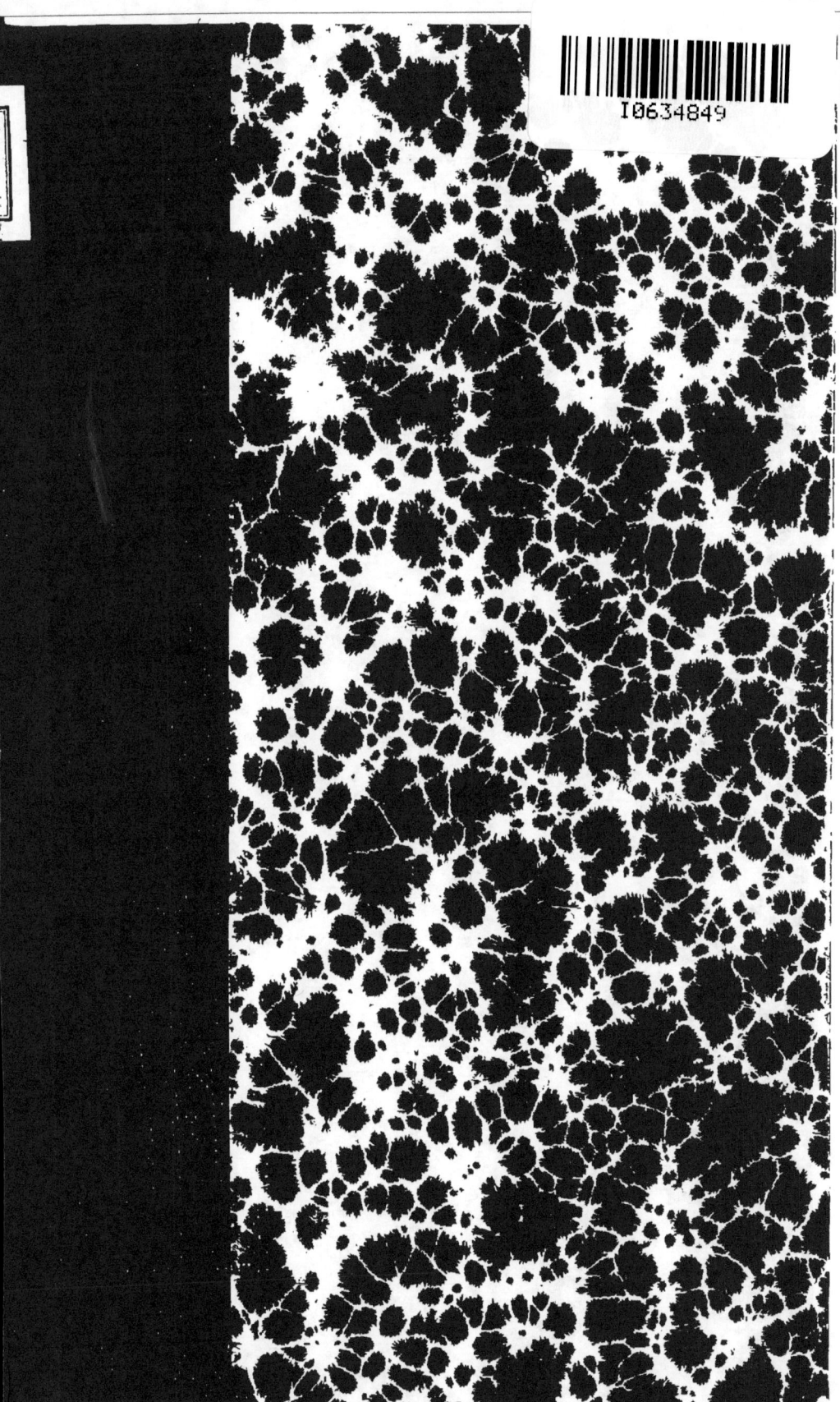

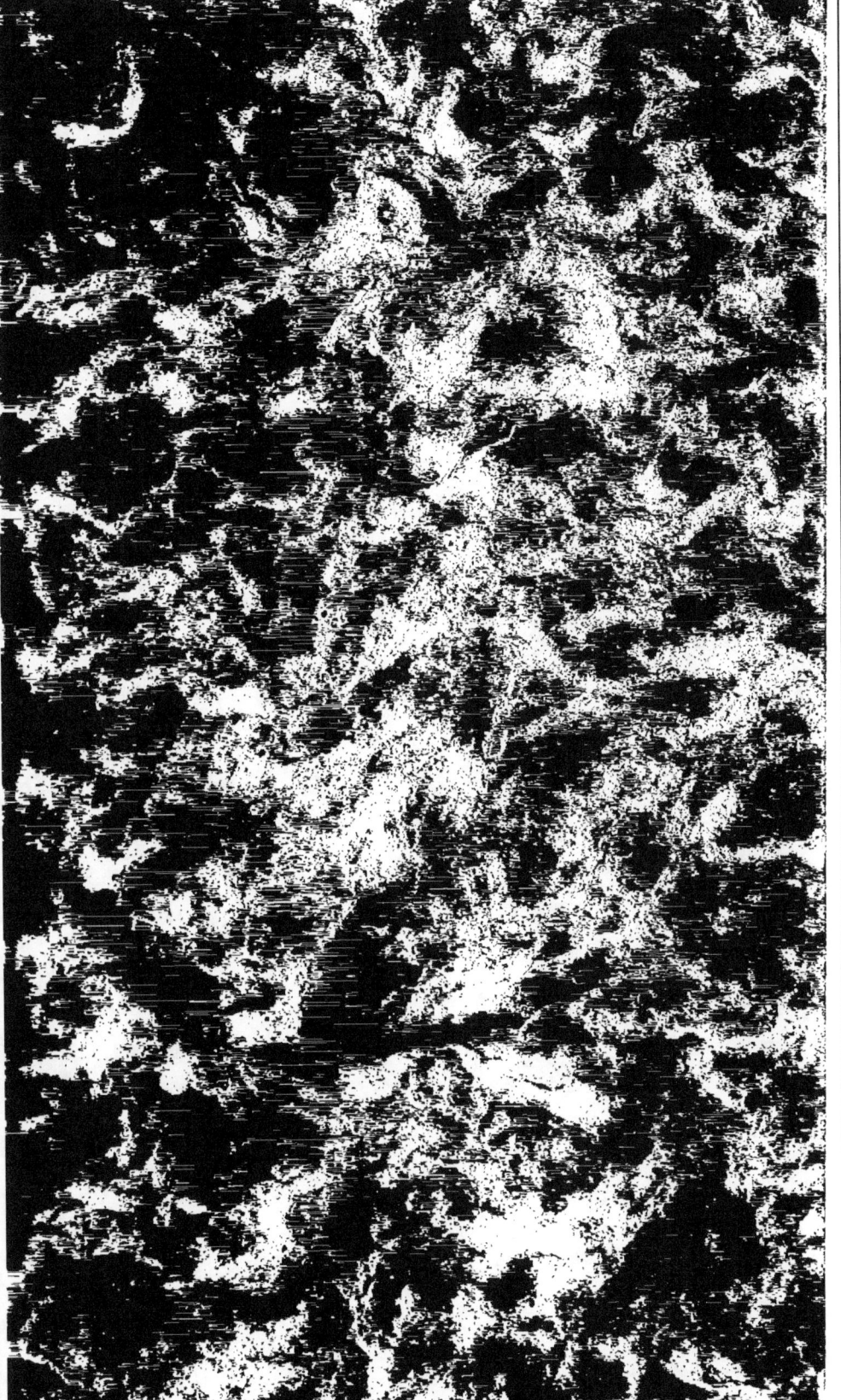

# LES
# SOUVENIRS,
## POÉSIES.

### LA DÉESSE ET L'HOMME;

| LE ROI DE CONGO ET SON AME, | LETTRES DE L'EMPEREUR DE LA CHINE A SON AMI TYRMA. |

LE PORTRAIT D'UN HOMME EN PLACE, ETC.

### PAR
# CAMILLE V.....E,
( De la Lozère ), *valette*

ANCIEN VÉLITE DE LA GARDE IMPÉRIALE.

## PARIS,
### ANCIENNE LIBRAIRIE PERROTIN,
RUE DES FILLES-SAINT-THOMAS, 1;

AU BIBLIOPHILE, BOULEVARD BONNE-NOUVELLE, 35.

### 1839.

LES

## SOUVENIRS.

**IMPRIMERIE DE WITTERSHEIM,**

8, RUE MONTMORENCY.

# LES
# SOUVENIRS,
## POÉSIES.

LA DÉESSE ET L'HOMME;

| LE ROI DE CONGO ET SON AME; | LETTRES DE L'EMPEREUR DE LA CHINE, A SON AMI TYRMA. |

LE PORTRAIT D'UN HOMME EN PLACE, ETC.;

PAR

## CAMILLE V.....E,

( de la Lozère ),

ANCIEN VÉLITE DE LA GARDE IMPÉRIALE.

## PARIS,
ANCIENNE LIBRAIRIE PERROTIN,
RUE DES FILLES-SAINT-THOMAS, 1;

AU BIBLIOPHILE, BOULEVARD BONNE-NOUVELLE, 35.

1839.

# AVERTISSEMENT.

Un fabricant, qui m'honore de sa confiance, m'aidait chez moi, il y a quelque temps, à chercher dans un tas de papiers une note dont j'avais besoin pour régler un compte, lorsque le hasard lui fit tomber sous les yeux plusieurs manuscrits. Oh! oh! des vers! s'écria-t-il en jetant un regard curieux par-ci par-là sur chaque feuillet. Et d'où tiens-tu, mon ami, tout ce grimoire? — Je le dois, monsieur, à une aventure bien singulière qui m'est arrivée le mois de juillet passé, et que je vais vous raconter, si vous daignez m'accorder un moment d'attention.

Un beau matin, un individu que je ne connaissais pas se présente ici les yeux égarés, d'un ton brusque, sans faire le moindre signe de politesse; gesticulant, n'ayant en bouche que des hémistiches, des périodes, des hiatus, des césures, des élisions, des rimes féminines, masculines, des sonnets, des quatrains, etc... Enfin, me tenant un langage on ne peut plus baroque; puis s'interrompant par moment, et comptant sur la pointe des doigts, un, deux, trois, quatre; ce n'est pas cela!.... tapant des pieds, s'impatientant, se mettant dans d'affreuses colères, et poussant surtout des exclamations telles que celles-ci : Ah! eh! hu! oh! jusques à quand!.... je.... je....— je chante les exploits des héros africains. —Je le tiens? oh! c'est bien ça! un vers alexandrin des mieux tournés!... Il ne me manque maintenant qu'une rime pour le second; et levant au ciel ses yeux qu'il y tient fixés, bouche béante, dans la plus grande extase, il se met tout à coup à crier de toute la force de ses poumons, en se frottant rudement les mains, les voilà!... je les aperçois!... oh! comme elles sont brillantes de beauté ! les voyez-vous? la haut..... la haut.... sur ce nuage d'or? ces neufs mignonnes, se ressemblant toutes comme deux gouttes d'eau, et faisant sur moi pleuvoir leurs doux baisers? elles se donnent la peine de descendre pour souffler dans mes oreilles, cette rime qui doit terminer la première strophe de cet ode, que je rumine depuis six mois, sous l'aile du fameux Pégase, malgré ses ruades et ses coups de pieds; Pégase, ce coursier si savant que M. D...., le célèbre académicien, encense depuis quarante ans, dans l'espoir de pouvoir un jour, quand ce fameux rimeur descend de l'Hélicon pour danser ici bas la galopade, se cramponner à un de ses sabots, et monter vers la gloire immortelle : soyez les biens-venues, aimables sœurs ! — Enfin, mon cher Monsieur, faisant des folies si étranges, que je n'ai pu m'empêcher d'être touché du triste état où je le voyais.

Il portait de larges moustaches, la barbe à la mode des boucs, les cheveux à la Ninon, sa toilette dans un désordre extrême, jetait des pâles lueurs, et marchait d'un ton très suffisant sur la pointe des pieds, en prononçant aussi ces mots que j'ai parfaitement retenus : — « Maudite science, avec tes esprits sophistiques, quand cesseras-tu d'accabler mon ame ? il faudra donc que je succombe sous le poids de ma gloire !.....

Étonné au dernier point de la visite de cet homme, je lui demande ce qu'il veut, et ce qu'il est. — Je suis, me répondit-il, en se dandinant, un habitant des régions érudites, harmoniques, ou, pour mieux m'exprimer pour, que tu n'en ignores, car tu me parais bien enfoncé dans la stupidité, un poète. — Et qu'est-ce qu'un poète ? — Comment, butor, tu ne sais pas ce que c'est qu'un poète ? Fixe-moi bien ; ne vois-tu pas mon front qui touche le ciel et la terre ? sur lequel, au son des lyres et des harpes d'or, un superbe génie improvise des poèmes et des tragédies par milliers, que les zéphirs s'empressent de saisir avec leurs ailes, pour aller les semer par le monde ? Tu sais sans doute, ce que sont des zéphirs ; les zéphirs sont de petits êtres fort légers, ne vivant que de rosée, habitant dans des outres d'azur, d'où ils ne sortent que lorsqu'au bruit du canon et du tambourin, on les appelles pour venir armés de leurs plumes et de leur encre incorruptible, transcrire les sermens que prêtent les ducs et les rois. Voilà ce que c'est qu'un poète. — Que diable me bredouillez-vous là, je vous jure que j'ai beau m'escrimer de porter mes regards sur les coins et les recoins de votre front, je n'y aperçois que le monticule pyramidal d'usage, et au sommet un grand timbre parfaitement bien posé dont le son m'avertit que votre cerveau est fêlé au superlatif ; vous m'obligerez même de vous retirer à

l'instant, ou de me dire définitivement ce qui peut vous at-
tirer chez moi. — Ce qui m'attire chez toi, mortel fortuné !
Eh bien ! apprends que je suis envoyé vers toi par le dieu
des doctes vallées, pour te remettre cette jolie petite boîte,
dans laquelle est précieusement enfermé un rayon de Phébus. En voilà la clé; toutes les fois que tu l'ouvriras, ce
rayon frappera ton cerveau, et du fond de l'obscurité, où il
est enfoui, il s'élèvera dans une clarté des plus lumineuses,
et tu deviendras, comme moi, poète. — Vraiment? — Oui,
mon garçon. — Je brillerai donc comme un soleil? — Tu
l'éclipseras même, si ton esprit veut se donner la peine de
donner à tes ailes assez de force pour pouvoir grimper en
haut, et l'en chasser à coups de pieds; dans tous les cas, tes
rayons seront à peu près comme ceux que répand la lune,
lorsque dans le ciel on n'aperçoit pas une seule étoile. — Sans
doute qu'une fois dans votre profession, l'or et l'argent rou-
leront par torrents du palais de Plutus dans mes goussets;
sans cela, bernique. — Diantre, mon ami, tu m'attaques ici
par l'endroit le plus sensible; tu tiens donc bien aux richesses de ce monde? — Pas précisément, malgré que je
sois en ce moment sans .....

> « Vous m'entendez, ma chère sœur,
> « Ah ! daignez m'épargner le reste !

Vous devez connaître cette romance, vous qui êtes dans
l'harmonie? — Oui, oui, j'entends.... malgré, n'est-ce pas,
que tu sois sans le sou? —

> C'est cela, vous avez mis la main sur mon cœur;
> Être sans sous ni maille, est jouer de malheur.

— Bravo! mon garçon, bravo! deux vers de la plus haute

espèce, excellentissimes que tu viens de lâcher, et encore improvisés! Allons, allons, te voilà déjà illuminé : oh! viens que je t'embrasse, digne favori de Phébus. — Doucement! doucement! monsieur, vous m'étranglez, diable!.... c'est que vous me serriez un peu trop fort, dans votre tendresse *luminaire.* — Bah! ce n'est rien, ces marques de ma tendresse pour toi, que tu trouves un peu trop rudes, te prouvent combien nos ames sont formées tout différemment des autres, et que le soleil, seul, les a pétries de son feu. — Je me serais bien passé de cette épreuve; enfin, monsieur, je serais donc réellement poète? Oh! quel bonheur pour moi, qui ne suis qu'un pauvre ouvrier cardeur de cachemire! être élevé à un si haut rang! Je suis on ne peut plus touché des faveurs dont me comble votre dieu, et lorsque vous remonterez vers lui, ayez l'extrême bonté de lui faire mes remercîmens les plus sincères, pour le magnifique et brillant cadeau qu'il a daigné m'envoyer.

Mais vous devez, monsieur le poète, être bien fatigué de venir de si loin; car nos docteurs affirment que la distance de ce pays à celui que vous habitez est incommensurable, et qu'ils ont en vain essayé de la définir dans leurs corollaire scientifique. — Ce que tu dis-là, mon garçon, est très vrai; cette distance sera toujours la même pour eux, tant qu'ils n'inventeront point des moyens plus ingénieux que ceux qu'ils emploient jusqu'à ce jour. — Les ballons, les voitures à vapeur ne leur seraient-elles pas de quelque utilité? ne pourraient-ils pas, avec ces machines, dont la rapidité est la même que celle de l'éclair, tenter un voyage pour ce brillant pays? J'ai presque la certitude qu'ils arriveraient à leur but beaucoup mieux qu'avec leurs calculs à l'infini. —C'est possible ; ces inventions sont en effet , sublimes, parfaites ; elles le sont d'autant plus, qu'elles leurs offriraient le grand avantage du saut périlleux dans le haut des airs, d'où ils pourraient alors très aisément, étant peu éloignés du fameux Hélicon , en saisir les frontières avec les dents et y pénétrer. — Ceux , monsieur, qui n'auraient pas de dents seraient bien capots surtout ces pauvres rimailleurs, qui ayant la sotte manie de mâcher du papier du matin au soir, n'ont pas même dans leur mâchoire le moindre chicot à leur service ; aussi, ne vivent-ils que de bouillie, ou sont-ils toujours dans la panade. — Et comment avez-vous fait, vous, monsieur, pour vous établir dans ce pays-là ? dans ces régions érudites, harmoniques, etc..... — Oh ! moi, c'est différent ; je dois le bonheur de l'habiter à un charmant vaudeville que je fis autrefois, dans mes inspirations rayonnantes, et qui fut proclamé par notre dieu et le censeur Pégase, et les docteurs des parterres d'ici bas, comme un chef-d'œuvre, sublime, délicieux, applaudi à tout rompre. Tu sais ce que c'est qu'un parterre de théâtre. — Oui, monsieur ; c'est un lieu où se réunissent tous les soirs un tas de gens remplis des sciences les plus abstraites, qui jugent à l'œil, sans mot dire, les ouvrages que mettent au jour les membres des réunions dandynistes et fashionables, dont ils sont reconnus pour être les zélés protecteurs ; on les croit même, par leur grande sagesse et leur grand désintéressement pour les biens de ce monde, issus du sang des de-midieux : leurs arrêts sont irrévocables. — C'est très bien, mon garçon, tu parles avec vigueur, logiquement : je ne te croyais pas la raison aussi saine.

Enfin, pour en revenir à mon beau vaudeville, il eut une

seule représentation très brillante, et un débit extraordinaire *dans l'épicerie;* les envieux, les méchans, eurent la
cruauté de faire ensuite courir le bruit que ce grand succès
était dû aux bontés qu'avait eues un de vos plus illustres gaspilleurs, nommé *Scriptus,* d'y apposer au bas son nom et son
prénom, sans l'avoir lu ; de sorte que, depuis cette époque, je
jouis de la gloire céleste, et lui de la gloire terrestre. — Je
vous félicite, monsieur, de votre éternel bonheur; mais ne
pourriez-vous point me dire ce que c'est qu'un gaspilleur ?
Ce mot vient d'écorcher cruellement mes oreilles. — Le gaspilleur est celui qui est doué du génie créateur, marchant
le nez au vent, comme un fin limier ; un microscope brillant d'or est toujours pendu à son cou, dont il se sert pour
bien fortifier sa vue, lorsqu'il lui prend la fantaisie d'approfondir les causes et les effets des plantes rares que les hommes
célèbres, par leur esprit élevé, cultivent dans des terres fa-
vorisées par la nature.

Toujours dans les bibliothèques, ou enfoui dans un amas
de livres de toute espèce, le gaspilleur furète, rapine une
idée par-ci, une idée par-là ; emprunte une belle période à
une tragédie réputée par ses grands succès ; un passage plein
de verve à un discours éloquent ; vaudevilles, drames, co-
médies et romans, tout lui passe par les mains, et lorsque
contraint de laisser reposer pendant quelque temps, son cerveau, épuisé, fatigué de ces recherches scientifiques, son zèle
le pousse à la connaissance de toutes choses ; pour calmer
plus vite l'impatience qu'il éprouve d'acquérir de la gloire,
il ose porter une main profane sur les fleurs les plus suaves
des chefs-d'œuvre actuels, se gardant bien d'oublier celles de

la plupart de vos bouquins, dont la poussière et l'envie n'ont pu encore ternir l'éclat.

Ensuite, fier des efforts de son génie, il prend une aiguille et du fil, il coud ou fait coudre ensemble, par son secrétaire intime, tous ces morceaux de science, et après y avoir assorti un sujet quelconque, il s'empresse de voler chez un éditeur qui, ne sachant pas si c'est du grec ou de l'hébreu qu'on lui offre, lui fait l'accueil le plus gracieux, en lisant au bas de l'intitulé : Par *M. le comte de......, membre de l'Académie.*

Alors la renommée s'en mêle, enflée par les érudits à solde, feuillistes, journalistes, satiriques, gens qui se mêlent de tout et redoutés pour bons motifs, sont suppliés très poliment, en leur tendant une main enveloppée dans les espèces roulantes, de n'écrire leurs paroles qu'avec de l'encre luisante. L'un crie, ô sublime ! l'autre, ô miracle !—« Le public est prévenu « qu'un chef-d'œuvre de littérature vient de paraître chez « un tel.... éditeur ; verve, enthousiasme, érudition pro- « fonde, tout y est réuni. » — Tout le monde y court, les savans, les ignorans, les curieux, et surtout les fashionables, bien que leur intelligence ne soit pas assez complaisante pour permettre qu'ils y comprennent un mot ; mais l'auteur est un comte, un académicien, cela lui suffit ; le ton ne leur ordonne-t-il pas de parcourir les hauts salons pour y faire fumer l'encens ? Enfin, les libraires de Paris, de province, en sont encombrés, et le prodige nouveau, malgré les efforts des coteries, de l'intrigue et des flatteurs, pour lui donner la vie éternelle, après avoir bien entortillé la

gloire et le pauvre public, finit par aller misérablement rendre son dernier soupir sur les quais des ponts.

— J'ai beaucoup entendu parler, monsieur, de ce Scriptus
dont vous parliez il n'y a qu'un instant ; c'est un homme
bien extraordinaire dans son genre, un *excellentissimus
auctor*, car l'on affirme que tous les matins il est réveillé
en sursaut par une forte pluie de tragédies, de romans, de
drames, etc...., qui, lui tombant du plus haut des nues sur
le nez, lui occasionnent des saisissemens affreux et des maux
de nerfs épouvantables ; aussi, est-il décidé à abandonner les
sciences, pour aller dans quelque coin du Parnasse, là, bien
baisoté et choyé des Muses, se reposer à l'ombre des lauriers
que la gloire y a plantés exprès pour lui ; ensuite, que toutes
les fois que l'envie le prend d'aller se targuer sur son fauteuil académique, un régiment de petits génies se disputent
entre eux à celui qui aura l'honneur de le *bichonner ;* et
qu'aussitôt sorti de chez lui, ils se jettent à corps perdu sur
son bureau, pour y tracer ses pensées sublimes, dont l'éclat
éblouit le monde ; tandis que d'autres, dans sa cuisine, se
donnent des coups de *torchons* sans pitié, en mettant en
branle toutes les casseroles, ou en lui faisant rôtir un gros
dindon truffé académiquement, pour rafraîchir ses sens
brûlés par sa haute éloquence ; daigneriez-vous, monsieur
le poète, me faire l'honneur d'accepter quelques légers
rafraîchissemens ? — Y penses-tu jeune homme ? apprends que nous, poètes, nous ne prenons aucun aliment
terrestre, toujours dans les nues ou dans les vallons érudits,
nous ne vivons que de parfums et d'harmonie, nourriture
beaucoup plus succulente pour nous que tout ce que votre
région peut offrir de plus exquis. — Il me semble cepen-

dant, monsieur, qu'un bon poulet ou un gros chapon bien
dodu, pareil à ceux qu'on empâte dans nos cours, orgueil-
leusement étalé sur un plat d'argent qu'escorteraient quelques tendres perdreaux aux ailes chamarrées, flatteraient
bien autant vos palais. — Fi donc ! nourriture trop gros-
sière, et dont on ne fait aucun cas aujourd'hui, bien qu'elle
soit recherchée par les illustres maîtres d'hôtel, et qu'elle
fasse éternuer d'aise vos gourmets de préfets et de sous-préfets. — Diable, monsieur ! vous êtes bien difficile dans vos
goûts, l'harmonie est donc la seule nourriture qui vous con-
vienne? — Oui, mon garçon. — Alors, dans votre région, la
monnaie n'a point de cours? — Mais certainement. — Il n'y
est point question non plus de budget, de caisse d'épargne,
de la hausse et de la baisse, surtout de fonds secrets? — Rien
de tout cela. — Oh ! quelle grimace y feraient les pauvres
Molé, Guizot, d'Argout, Dupin et Thiers ; d'Argout y mour-
rait de misère ; Guizot assouvirait son appétit vorace sur *du
pain mollet;* Thiers y aurait des coliques, et le pape des attaques de nerfs. Pour moi, j'en suis enchanté ; faire bonne
chère sans boire ni manger, avoir à son service, lorsqu'on le
désire, tous les trésors de Plutus sans jamais pouvoir y tou-
cher que de l'œil, sont des avantages trop séduisans, pour
que je diffère un seul instant de partir pour vos régions *lu-
minaires;* allons ! allons ! en route? monsieur le poète? vous
serez mon conducteur ; dans votre diligence et dans votre
intelligence, j'ai l'espoir que vous me ferez faire un très heureux voyage. — Très bien, mon garçon ; j'admire ton em-
pressement à entrer dans notre profession. — Oui, monsieur,
je me donne tout à vous et à votre dieu.

Je n'eus pas plutôt prononcé ces dernières paroles, qu'un

feu ardent circula dans mes veines, et que je me sentis après une disposition extraordinaire à pincer de la lyre; àlors, cet homme étonnant, en me suppliant les mains jointes de faire des vers, disparut; troublé de ce que je voyais, et très *capot* surtout qu'il ne m'eût point emmené avec lui, je ne fis pas attention si ce fut par la croisée, par la porte ou par la cheminée; ce que je puis affirmer, c'est qu'aussitôt après sa disparition, suivie d'un éclair, ma chambre fut tapissée d'idées on ne peut plus originales.

A dater du jour de cette visite extraordinaire, tous les matins, en me réveillant, je trouvais dans mon bonnet une lettre d'or et d'azur, répendant les parfums les plus doux, dans laquelle il me suppliait toujours, avec feu, de mettre à profit les faveurs dont me comblait le dieu du sacré vallon.

Enfin, illuminé depuis les pieds jusqu'à la tête, j'essayai pendant quelques jours de tracer quelques rimes, ayant grand soin auparavant de visiter la jolie boîte, d'où, je dirigeais sur mon front le rayon de Phébus; mais m'apercevant que mon appétit augmentait et que ma bourse diminuait, je jettai par la fenêtre, et rimes et la boîte rayonnante, que j'aurais dû envoyer plutôt à l'Académie, dont elle aurait sans doute tiré un meilleur parti que moi.

Cependant, pour ne pas tout-à-fait déplaire à cet envoyé du Parnasse, je pris plus tard, après avoir bien réfléchi sur les conseils qu'il me donnait, l'entière résolution de fabriquer des vers, que je ruminais dans mon cerveau en tournant ma roue, et que j'écrivais après la journée finie sur ce tas de papiers que vous avez entre vos mains.

— Eh bien ! si tu veux me confier, mon ami, ces manuscrits je les remettrai à un imprimeur ; j'ai l'espoir que leur contenu procurera au public quelques distractions.

— Je doute, monsieur, n'ayant jamais suivi des cours de littérature, et encore moins essayé de puiser quelques connaissances dans la lecture, que le public, difficile dans ses goûts, puisse approuver un style aussi maigre et sans ornement ; mais je réclame dans tous les cas son indulgence, en le suppliant de laisser de côté le style et la science, pour n'approfondir que les sujets.

LA

# DÉESSE ET L'HOMME.

## SOMMAIRE.

Ysus, le héros de ce poème, est un prince puissant de la Grèce, qui, pour apaiser les remords que sans cesse reveillent en lui des causes connues......, promène de temps en temps ses pensées sur les choses passées, et jamais sur celles à venir.

Dans cette brochure, on voit avec quel enthousiasme il rappelle les faveurs dont il y a quelques années le combla une grande déesse ...... descendue à cette époque de son trône de lumière sous les traits d'une simple mortelle, pour l'élever au plus haut degré de puissance, en déposant entre ses mains la force, l'union, le bonheur des peuples.

L'amour qui l'enflammait pour elle, et dont les hommes

vertueux, les fronts chargés de verdoyans festons, se ré-
jouissaient en lui tendant les bras.

Les promesse qu'il lui prodigua, dans le langage le plus
éloquent, de l'adorer toujours ;

Et enfin, les serments solennels qu'il jura à cette grande
déesse, aux pieds des saints autels, d'aider les opprimés à
dériver leurs fers, d'être partout docile à la voix du malheur, et de leur faire connaître ces lois saintes, ces lois de
la nature qu'elle lui avait dictées ; serments qu'il avoue lui-
même n'avoir pas tenus, et dont il se repent aujourd'hui !

Le lecteur ne lira pas, je pense, sans intérêt les reproches
que lui font actuellement les Grecs de sa perfidie et de son
ingratitude.

# Préface.

---

## A MONSIEUR LAFITTE.

Vous, qui foulez aux pieds l'orgueil, la flatterie !
Mortel chéri des dieux qu'honore la patrie ,
Dont le monde connaît les vertus, les talens,
Mais, d'un œil de courroux, que fixent les tyrans !
Vous, de qui je conserve un souvenir fidèle
Depuis ces jours brûlans, et dont l'ame est si belle !

Toujours incorruptible et grand dans les débats,
Où brille tant de fois votre rare courage :

Salut ! honneur à vous ; n'accepterez-vous pas
            De ma muse l'hommage ?
            Surtout n'ayez point peur
            Qu'aujourd'hui je m'engoue
            D'être monsieur l'auteur.
            Pauvre ouvrier cardeur,
            C'est en tournant ma roue
            Que mon esprit se joue
            A composer des vers
            Où je ris des travers
            De ce monde comique.
            Et tic, et toc, et tac,
            Voilà le beau micmac,
            Que fait ma mécanique :
            Admirable musique
            Pour un fils d'Apollon !
            Riez-en tout de bon,
            Comme j'en ris moi-même,
            En lisant ce poème ;
            Mais souriez au nom
            D'un frère qui vous aime.
            D'un frère, direz-vous ?
            Oui, nous le sommes tous ;
            D'ailleurs, je me rappelle
            Une époque bien belle !
            Ensemble nous marchions !
            Ensemble nous tirions
            Fusil et carabine.

Étais-je dans l'erreur,
Dieu lui seul le devine !
Soldat de l'empereur,
Et d'humeur très mutine ,
L'odeur d'un vieux mousquet
Réjouit ma narine
Et me semble divine !
Aussi d'un doux reflet
Brille sur ma poitrine ,
L'étoile de juillet !

# LA

# DÉESSE ET L'HOMME.

---

A peine à l'Orient, la jeune et fraîche aurore,
Assise sur son char, le visage vermeil,
D'un doigt d'or entr'ouvrait les portes du soleil,
Qu'il en jaillit soudain un rayon tricolore,
D'où ruisselait à flots de magiques lueurs.
Ses reflets purs, brillans, enrichissaient les fleurs;

A coups d'aile, zéphir chassait la nuit obscure,
Dont les voiles épais, enveloppant les cieux,
Dérobaient aux mortels le disque radieux
Qui venait au bonheur convier la nature;
Et la grande cité, que sa chaleur épure,
A genoux, salua par un hymne divin
Ce rayon bienfaisant de l'astre du matin.

O temps heureux et pur d'une sainte allégresse!
Où j'héritai, Jenny, de ta vive tendresse!
Je vais le retracer, pour charmer mon ennui ;
Par tes soins, le destin, pour moi rendu propice,
Répandit sur mes jours, sa faveur protectrice,
Je t'aimai de tout cœur, je devins ton ami!

Ah! disais-tu, soyez libres fils de la terre!
D'une main de géant saisissez le tonnerre!
Qu'en vous, les fiers tyrans connaissent des vainqueurs ;
Que les clairons guerriers ressuscitent les cœurs;
Et tes accens chéris remplissant l'hémisphère,
Les braves se jetaient, ardens dans la carrière,
Tournant vers moi les yeux remplis de nobles pleurs ;
Car sur moi ton amour répandait sa lumière :
Etais-je digne alors, Jenny, d'un tel bienfait ?

Te souviens-t-il, surtout, de ce charmant bosquet,
D'où, portant nos regards sur les riantes plaines,
Sur ces champs émaillés des plus brillantes fleurs,
Nous admirions l'éclat de leurs vives couleurs;
Ces champs où scintillaient le cristal des fontaines.

Le bleu, le blanc, le rouge, au milieu dominaient,
Et des rayons de feu, de ces couleurs sortaient ;
Qui tantôt les couvraient de leur vive lumière,
Pure, autour retombaient en brillante poussière.

Le lis, d'abord, plaisait par sa rare blancheur,
Mais sur lui reposait une pâle lueur ;
Et sa tige d'orgueil autrefois entichée
Est au loin, sans patrie, inculte et desséchée ;
Elle n'a pour appui que les tristes cyprès,
    Et des tyrans, les vains regrets.

Je l'ai vu, dominant ma nation brillante,
Etre toujours en proie à de contraires vœux,
Puis, levant tout à coup une tête insolente,
Violer des sermens qu'avaient béni les cieux ;
Mais il fut foudroyé dans sa morgue imprudente !

J'ai vu mille valets, tous chargés d'oripeaux,
Comtes, barons, marquis, dans leur stupide ivresse,
Lâches adulateurs, admirer sa sagesse,
Ployant à son aspect, marchant à pas égaux,
Sous un langage d'or, voilant leur ame impure ;
Ces fats, qui se croyaient dans leur belle tournure
Des héros, l'entouraient, lui dressaient des autels :
    Et maintenant, humble et pauvrette,
Tu languis, tendre fleur, dans ta triste retraite,
Dans l'oubli de ces grands, méprisables mortels !

Quel coup d'œil imposant offert par la nature
A l'homme vertueux, mais jamais au parjure !

Ah! périssez plutôt, belles fleurs du printemps !
Que sur vous mille fois les rapides autans
Vous frappent de leurs coups, plutôt que de sourir
Au méchant que jamais aucun bienfait n'attire !
Là, s'offraient à la fois les plus sages pensers,
Mon cœur les éloignait : il était trop pervers !
C'était, Jenny, ce jour où, par leur doux ramage,
Les hôtes des forêts célébrant un ciel pur,
Tous deux, d'un saint accord, nous chantions cet azur ;
Comme ton tendre cœur, approuvait cet hommage !

      La joie inspirait nos concerts,
Et sur nous les zéphirs, secouant le feuillage,
      Au loin répandaient dans les airs,
Les doux parfums qu'aux fleurs prodiguait Flore.
D'un jour sitôt flétri, quelle brillante aurore !
Je te tenais alors ce langage éloquent......
Qui fit rougir mon front.... parlais-je tendrement !
« Jenny, ta volonté sera mon bien suprême,
« J'en jure par le Ciel, et cet amour extrême,
« Dont je brûle pour toi, ne finira jamais ;
« Crois-en et mes sermens et tes touchans attraits.
« Qui pourrait exprimer les paroles de flamme
« Qu'avec plaisir semblaient te prodiguer mon ame ?
« Hélas ! ma bouche seule exprimait ces accens ;
« Les dieux me souriaient, Jenny, quel doux instant ! »

Zéphirs, vous connaissez ces hommages sincères,
Cet entretien si tendre, ainsi que ces sermens
Que le temps a gravés sur vos ailes légères ;
Vous fûtes les témoins du trouble de mes sens.

Et quand tu me disais, il m'en souvient encore,
« Ysus, garderas-tu ce feu qui te dévore ?
« Ton cœur est-il sincère ? Hélas ! je crains qu'un jour
« Tu ne viennes à trahir ta foi, ton tendre amour ! »
Dans ce doute, il me faut un tout autre langage,
Ainsi, de toi j'exige un serment solennel,
Moins flatteur, mais plus franc, vrai langage du Ciel !
Si tu veux qu'aujourd'hui j'accepte ton hommage.


Vois-tu ce peuplier à l'air majestueux ?
Que couronne au sommet un cercle radieux ;
    Arbre divin, dont la cîme touffue,
En l'honneur des mortels s'agite dans la nue ;
Et son puissant génie, étonnant créateur
Au loin de son vol d'aigle admirant sa hauteur ;
Jetant au loin ce cri, que le despote honore
D'un aveugle courroux : liberté, liberté !
Et que du sud au nord, tout noble cœur adore ;
    Cri si puissant par les cieux répété.
Sur ce point lumineux aussi porte ta vue,
Vois cette main perçant l'épaisseur de la nue !
Le couvrant d'un bonnet tissu de purs lauriers,
Que m'offrirent jadis des illustres guerriers ;
Ysus, le ciel l'envoie éclatant de lumière
Au fils de ces héros dont il fut la bannière !


« Vous fûtes tous livrés à la rigueur du sort,
    « Mortels chéris de la victoire ;
« Trahis dans vos exploits, vous trouvâtes la mort,
« Mais elle vous reçut tout rayonnans de gloire ! »

La foudre est là, debout, menaçant les tyrans
Et tous leurs plats valets, tremblant en leur présence,
Qui, sans cesse à genoux, leur prodiguent l'encens.
Et croyent impunément, dans leur sotte ignorance,
Braver des opprimés les sourds gémissemens :
Insensés, qui suivant une route incertaine,
Osent dans leur orgueil, en défiant les cieux,
Tout tenter pour tenir ce génie à la chaîne,
Et parer de ces fleurs leurs fronts audacieux?

Fixe un moment tes yeux à travers son feuillage :
Ne vois-tu pas au loin cet avenir brillant
Que le ciel te promet ; mais, en fidèle amant,
Il faut, mon cher Ysus, sous son divin ombrage,
Là, jurer de m'aimer et toujours constamment ;
D'écraser des tyrans le pouvoir ridicule,
Hélas! trop adoré de la foule crédule,
Chez qui tout est caprice et folle illusion,
Sotte espèce, où tout règne excepté la raison ;
Il faut les corriger de leur vaine manie,
Et toujours d'un pas sûr, guidé par ton génie,
Aider les opprimés à dériver leurs fers ;
A la voix du malheur être partout docile,
Leur prouver que des grands la politique habile
Est de tout enchaîner. Malheur à l'univers!

Ces frères malheureux, ils sont ce que nous sommes,
Tu seras créateur, tu formeras des hommes ;
Le sage chantera tes exploits dans ses vers ;
Ton nom sera béni même au fond des déserts.

Et sois sûr que bientôt en troupe formidable,
Ils marcheront vainqueurs et d'un pas redoutable.
Les destins sont pour toi, partout ils te suivront ;
Les peuples à tes lois bientôt obéiront.
Alors tous ces tyrans effrayés, hors d'eux-mêmes,
Tout pâles, trembleront devant l'arrêt suprême.


Eh bien ! ce peuplier est garant de l'honneur ;
Vers lui cours au plutôt, c'est ton but ; ton bonheur
Dépend de toi ; cet arbre est l'ame de ta vie.
Sa cîme, Ysus, pour toi sera toujours fleurie,
Si tu suis mes conseils ; sois sans peur à jamais !
Tu seras à l'abri sous son vaste feuillage
De la haine des grands ; tu seras juste et sage,
   Et tu verseras tes bienfaits
Sur les infortunés qui cherchent cet ombrage.


— A ces mots prononcés d'un ton de dignité,
Grave, doux à la fois et sans austérité,
   D'une voix pure, enchanteresse
A ton air grand, prévenant, sans faiblesse,
Mon ame est enchaînée, et mes regards surpris
   De tant d'attraits sont éblouis.


Mais qu'entends-je ! soudain part un coup de tonnerre,
Et sur ton front paraît un rayon de lumière ;
Frappé de son éclat, je me jette à tes pieds,
Vers la terre, abaissant mes yeux humiliés ;
Dans l'oubli de mes sens, comme bercé d'un songe
Où semble par tes soins que ta splendeur me plonge,

Je crois, je crois te voir dans un nuage d'or
Vers la voûte des cieux prenant ton noble essor,
Des milliers de soleils soumis à ta parole
Sur ton front descendaient en brillante auréole,
La foudre armait ta main ; tes yeux fixés en bas,
Sur ces pâles tyrans, ces puissans potentats,
S'élevaient quelquefois vers la céleste sphère,
Où semblaient tes regards pénétrer un mystère.....
Et l'orgueil et la haine expiraient à tes pieds
Sur un globe de feu * constamment appuyés ;

Autour coupant la nue, un ange aux larges ailes,
Au loin faisait pleuvoir les couleurs immortelles,
Puis s'abattant sur moi d'un vol doux et léger,
Et du bout de son aile effleurant ma paupière,
Il m'abreuva d'amour dans un brillant éclair ;
L'ange après disparut dans la plaine de l'air ;
Et toi, poussant du pied ton trône de lumière,
    Tu descendis d'un vol majestueux
    Pour relever mon front de la poussière,
M'ordonner de nouveau d'entrer dans la carrière,
Et me dire : « O mortel ! le ciel bénit tes feux !
« En tous temps, tu seras favorisé des dieux.
« Si tu suis ma bannière, et si fuyant le vice
« Tu signales avec gloire ici-bas ma justice,
« Leur souffle avec le mien passeront dans ton cœur ;
« Alors des fiers tyrans enchaînant la fureur,
    « Le monde en toi ne verra qu'un sauveur.
« Si l'homme, sans appui, dans sa douleur t'implore,

* La France.

« Pour que tu mettes un terme à ses maux, à ses pleurs,
« Chargé de tes bienfaits, s'il sourit à l'aurore,
« La terre à ton aspect se couvrira de fleurs !

« Oh ! sois, sois sans pitié pour celui qui me nie !
« Et condamne à la mort, l'orgueil, la perfidie ;
      « Mais.... ne trahis point amour,
       « Tu serais dans ton crime un jour
       « Pulvérisé par mon tonnerre;
« Ton sang n'éteindrait point les feux de ma colère. »

Par ton noble langage à l'instant ranimé,
Dans les transports de ma nouvelle ivresse
Qu'augmente les conseils dictés par ta sagesse,
      Portant sur toi mon regard enflammé *,
Je te revois encor sous ces traits doux qu'on aime,
Sous ces traits ingénus de la simplicité,
De toutes les vertus et de la vérité,
Si puissans et formés par la grâce elle-même,
Belle comme la fleur, dont l'aurore au matin
Enrichit les couleurs de son regard divin.

Dans mon trouble, n'osant poser un pied timide,
Le rouge sur le front, et l'ame non perfide....
J'étais comme l'amant qui fait ses premiers pas....
Je te priais des yeux, et te tendais les bras,
Lorsque du haut des cieux une voix fortunée,
S'écrie : Ysus ! avance, et suis ta destinée.

* En ce moment, la déesse se montre de nouveau à Ysus
Telle qu'elle était avant de monter dans la nue.

A ces accents, saisi d'un vague enchantement , *
Tremblant, vers l'arbre saint j'avance en chancelant,
Et je sens par degrés s'élever ma pensée
Par un grand avenir pieusement bercée ;
A chaque pas, je vois la terre s'embellir
De fleurs, d'où de son souffle un aimable zéphir
Faisait sur moi jaillir des vives étincelles.
Parmi les saints accords dont l'air est agité ,
Tonne l'hymne de feu de la grande cité ;
Et la vertu fait éclater ses aîles,
Quand, répétant ce cri.... par le monde entendu ,
Ce cri, comme un rayon du soleil descendu,
Sur mon cœur enflammé demeurant suspendu.
J'agite dans mes mains les palmes fraternelles ,


— « Ce cri d'amour : Vive la liberté !
« Vœu du ciel , émané de la divinité !
« Qui des plus doux parfums remplissant l'atmosphère ,
« Fait de tous les pays émouvoir la poussière ! »


— Les hommes vertueux invitant l'univers
A foudroyer l'orgueil qui lui donna des fers,
Viennent presser ma main de larmes arrosée ,
Et les peuples lointains semblaient s'en réjouir.
A ce divin aspect, mon ame est oppressée...
De volupté ; j'approche, et la sens tressaillir.

* Marche triomphale d'Ernest vers l'arbre de la liberté.

Enfin j'arrive aux pieds de l'illustre bannière,
Qui longtemps captiva mon ame toute entière;
Un rayon doux et pur autour d'elle brillait,
Un religieux calme en ce moment régnait,
Tel qu'on le goûte alors qu'en une nuit obscure
Semble un sommeil profond enchaîner la nature.
Saisi d'un saint respect, dans le recueillement,
Je me prosterne, et là, d'une voix forte, aisée,
　　　La main pieusement posée
Sur le livre sacré, je te fis ce serment;
Sincère ou faux, il fut prononcé sans faiblesse :
« De me soumettre aux lois qu'a dicté ta sagesse;
« De t'adorer surtout sans détour constamment;
« De n'abjurer jamais, ici je te le jure
« Sur ma foi, par les dieux, par toute la nature. »

　　　Après ces serments et ces vœux
Qu'approuvaient ton regard, ton généreux sourire,
J'approche, et pas à pas je contemplai ces lieux
Dont l'éclat par moment éblouissait mes yeux.
Alors la même voix dont le doux son m'attire,
Cette voix si prodigue envers moi de bienfaits,
M'ordonne de nouveau d'avancer de plus près.
J'écoute...., ému...., j'hésite...., à peine je respire.....
　　　Et dans le doux ravissement
　　　Qui captive mon ame tout entière,
J'entre d'un pas plus sûr dans la noble carrière.
O surprise! à mes yeux près d'un trône brillant
S'offre au regard de feu le plus puissant génie!
Il me dit : Assieds-toi; je dépose en tes mains
La force, l'union, le bonheur des humains
　　　Et le salut de la patrie;

Vole dans l'univers, et cours l'entretenir
De ta puissance et de ton avenir.


Ivresse évanouie !


Ah ! Jenny, l'heureux temps !
Mais qu'aujourd'hui ma vie
De tant d'honneur remplie,
Jamais de perfidie!,
Est loin de ces instants !
Que tu semblais jolie
A d'autres cœurs aimants
Toujours purs et constants.
Lorsqu'au cinq j....., encor, comme simple mortelle,
Laissant au ciel l'éclat de ta gloire éternelle ,
Tu vins fendant la nue en leur tendant la main
Leur dire : « Des tyrans brisez l'indigne frein.
« Fils que j'aime ! oh ! n'ayez de maître que vous-même !
« Telle est du créateur la volonté suprême ;
« Car il fit l'homme libre et maître souverain ;
« Et parcourant le monde en belle voyageuse ,
« Enflammant les mortels par ta voix gracieuse ,
« Fais gronder partout ces terribles beffrois
« Dont le bruit seul suffit pour maîtriser les rois ! »


— Êtres adulateurs ! promesses mensongères
Qu'ils nous font! appuyant leur sceptre sur des lois
— Qu'ils violent. — Oh ! non ,respectant trop nos droits;
Pour rendre, disent-ils, nos chaînes plus légères ,

Et pourtant, fuir honteux et le front irrité
Quand vient fondre sur eux ce cri — LA LIBERTÉ !....

— Oui, Jenny, tu seras mon ange tutélaire,
Et toujours dans ton cœur mon âme populaire
Ira puiser le feu de la divinité !

## REMARQUE.

C'est dans les deux chapitres suivants que les Grecs font à Ysus les reproches les plus amers de sa perfidie, et lui rappellent la gloire dont il aurait pu alors décorer son front, en répandant sur eux les plus grands bienfaits.

## II.

## LE TOMBEAU.

Ils ont fui , ces beaux jours où la brillante aurore
Versa des pleurs brûlants sur les filles de Flore !
Et couvrant l'univers de ses rayons divins ,
     En notre honneur éclaira les humains.
Tout nous semblait alors le fortuné présage ,
Qu'en tous temps nous serions favorisés des dieux ;
Car lorsque nous levions nos regards vers les cieux ,
Nous ne voyons partout qu'un azur sans nuage ,
Sous lequel des mortels, fils de la liberté,
Se ruaient vaillamment à l'immortalié.

C'étaient ces nobles preux, que de l'humble poussière
Fit éclore soudain un rayon de lumière,
Tous, couverts de haillons, front haut, l'œil irrité,
    Et qui, défiant le tonnerre,
Firent trembler au loin ces maîtres de la terre,
Qui voulaient disputer, dans un sombre transport,
Des droits qu'un noble cœur défend jusqu'à la mort!

    C'était cet ouvrier qui, d'une mâle audace,
Sans poudre et sans mousquet, mais d'une main de fer,
Affrontant le guerrier sous sa large cuirasse,
Abattit d'un seul coup le tyran vain et fier......
L'insensé !.... qui, marchant au gré d'un sot caprice,
Voulait faire rougir la sévère équité ;
Puis osa, d'une voix lâche et profanatrice,
Ordonner d'avilir la belle liberté!

    Et du haut d'un trône suprême,
Sur ce brave ouvrier fulminer l'anathème,
De la sainte cité digne et grand rejeton,
A qui d'un noble élan notre mère-patrie
De héros des trois jours accorda le surnom;
Que bénit un grand peuple, et non la flatterie. *

    Vois-tu ce modeste tombeau
Que la gloire et la mort couvrent de leur manteau?
Ne sens-tu rien ici dont s'irrite ton âme ....?
Cet oubli, dont l'entoure un mortel orgueilleux,
Sans vertu ; que sans cesse une ardeur vaine enflamme!
Sa noire ingratitude et son air dédaigneux ;

* L'Angleterre.

Et ce pauvre orphelin étendu sur la terre.
L'œil cave de douleur et demandant un père!
Mais l'avenir est là ; bientôt les nobles cœurs
S'éveilleront encor pour le parer de fleurs ;
Et dans des chants de deuil et des hymnes de fête,
Ils béniront le sol où repose la tête
Du géant, dont les yeux lançaient de vifs éclairs.
   Ces jours où secouant ses fers
L'ange saint apparut dans l'éclat de ses charmes
   Pour lui prêter ses radieuses armes !

Cette fois les tyrans vaincus et sans pouvoir
Fuiront, honteux, bannis, errant de désespoir,
Ayant en vain voulu, par de secrets messages,
Semer encor l'erreur au champ de la raison :
Les hommes devenus défiants et plus sages
Sous leurs pieds briseront leur coupe de poison.
 Alors les nations libres et rajeunies,
Et les races longtemps entre elles désunies,
Sans crainte tous les jours attendant le retour
De l'astre bienfaisant, dont chaque être à son tour
Aspire un doux rayon pour ranimer sa vie,
La vertu dans leurs cœurs, exempts de toute envie,
Ensemble marcheront, se tenant par la main,
Au son des luths pieux chantant l'hymne divin,
(Dieu de sa volonté scellant leur alliance)
Fières comme des sœurs s'apprêtant à la danse,
   Et des anges de liberté,
   D'égalité, d'humanité,
   Par le monde agitant leurs ailes
  Dans les rayons des couleurs immortelles ;

Semant le feu de la divinité.
Puis viendront au tombeau, se penchant sur la pierre,
Saintement y crier : oh! réjouis-toi, frère!
Gloire à toi! Car d'en haut le Dieu vrai, tout-puissant,
A sur la tyrannie et son trône sanglant
Lancé dans son courroux son terrible tonnerre.


Eh bien! rois insensés, c'est là que ce héros
Aujourd'hui dort en paix, mais d'un noble repos!
Sous ce tombeau brûlant couvert d'ombres funèbres
Où croissent les cyprès et les lauriers célèbres;
Où l'on voit des passants le regard s'attendrir
En lisant ces beaux mots—Il sut vaincre et mourir!—
Et puis se dire entre eux—Nous sommes tous ses frères;
Tout prêts à défier les charges meurtrières!—


Et toi, puissant capricieux,
Dont l'art de feindre a pris l'essor ambitieux,
Tu ne le bénis point?.... Tu fuis lorsque vient l'heure......
Où le monde est en deuil... Et l'homme sage pleure!...
Ce sont mes fils, dis-tu? Eh bien! sois juste et bon!
Et pour nous et pour toi brillera l'horizon.
Mais non... d'autres héros gémissent sous ta haîne
(Tu leur forges peut-être en silence une chaîne)
Ils t'aimèrent pourtant, mais non en vils flatteurs.
Car un être immortel (*) pour toi les fit vainqueurs.


* Lafayensky, général illustre de la Grèce.

Parle ! où sont ces grands jours de ta reconnaissance ?
        Tu ne les traitais avec indifférence ;
        Oh ! non par des brillans concerts
Tu portais leurs exploits au bout de l'univers !
C'est que d'eux tu tenais la suprême puissance.
Aujourd'hui tu maudis les sublimes transports
De ses vrais défenseurs ; d'un œil sec, téméraire,
Tu les fixes, le cœur enflammé de colère,
        En regrettant les célestes accords
Qu'alors rendit ta lyre au son doux et sévère !

    O toi, reine du monde (*) étonnante cité,
Jadis sainte, aujourd'hui humble et sans liberté,
Vois-tu l'orgueil pousser au loin ta gloire errante ?
Fuyant dans l'ombre ainsi qu'une lampe mourante,
Le ciel dans son courroux a voulu cet affront
Pour punir ta faiblesse écrite sur ton front ;
Nous t'avons vu pourtant, envelopper tes armes
D'un courage héroïque en défendant tes droits :
Sous le plomb meurtrier, au milieu des alarmes,
Tu tombes bravement en punissant les rois !

* Capitale de la Grèce.

# III.

## L'ÉDIFICE CROULÉ.

Dans ces jours d'héroïsme, en te couvrant de gloire,
D'un regard menaçant, et protégé des dieux,
Ysus ! oui, tu pouvais, censeur officieux,
Du feu de la déesse animer notre histoire,
Défier les tyrans sans être ambitieux
Chez les peuples divers ; et, nouveau Prométhée,
Proclamer cette loi qu'elle t'avait dictée ;
Partout des malheureux aller rompre les fers,
Les rendre à la nature, embellir l'univers ;
      Et d'une éclatante auréole
Avec d'autres héros parer le Capitole *
    « Ces grands guerriers, victimes de l'erreur,
  « Dont l'homme vertueux honore la valeur,

---

* L'Italie.

Et des bords d'Italie aux campagnes du Tage,
Aller du fanatisme écarter le nuage.
Tu pouvais, d'un vol d'aigle, après, sur le Niémen,
Y planter l'étendard brillant du feu divin,
Et d'un pas de géant, marchant en Moscovie,
Punir un potentat, lâche et sans énergie,
Dont le cœur excité par les plus noirs forfaits
Du sang des Coioski s'abreuvait à longs traits.

Toujours victorieux et sage,
Partout, sur ton brillant passage,
De tes bienfaits innonder l'univers.
Puis jetant un regard sur d'antiques revers,
Venger la trahison dont nous fûmes victimes,
En refoulant dans leurs sombres abîmes,
Ces esclaves métis de cent peuples divers ;
Qui des deux points du globe, en masse et sans courage,
Se ruèrent sur nous, tel qu'un feu qui ravage ;
En changeant lâchement nos cités en déserts.
Et fier d'avoir brisé partout la tyrannie,
Entouré de guerriers pleins d'un mâle transport,
Couvert de purs lauriers, saluer la patrie,
Au milieu des accents d'un unanime accord.
Mais ton cœur, qu'en tout temps égare l'artifice,
A détruit sans pitié ce superbe édifice.
« La terre avec plaisir voit son sein qui fleurit
   « Sous la main des mortels à qui le ciel sourit.
Jenny, dans ces beaux jours qu'heureuse était sa vie *
Qui l'aurait cru jamais que tu serais trahie !

---

* D'Ysus.

LE

# ROI DE CONGO

## ET SON AME.

## SOMMAIRE.

Phobius I<sup>er</sup>, roi de Congo, royaume situé dans le fond de l'Asie, est le potentat le plus superstitieux et le plus dévot qui existe. Depuis qu'il sait que ses sujets se sont aperçus que sous cette piété il cachait un cœur plein d'orgueil et de fiel, chaque nuit il est tourmenté par des songes affreux. Tantôt, c'est l'enfer qu'il voit s'entr'ouvrir sous ses pas; tantôt, c'est sa tête qu'il sent branler sur ses épaules, comme celle d'un polichinelle, etc.... Mais ce qui occupe le plus ses pensées, quand il ne dort pas, c'est son avenir, il n'a pas un instant de repos.

Dernièrement un voyageur, arrivé de ces pays-là, me racontait que ce prince, tourmenté un jour plus qu'à l'ordinaire par une de ses visions, avait eu la curiosité de demander à son âme si elle irait après sa mort jouir de la gloire éternelle; sa réponse ayant été peu satisfaisante, depuis ce moment il ne dort, ne boit, ni ne mange, tant il en est désespéré.

Cette petite anecdote fait le sujet de la brochure suivante.

# LE ROI DE CONGO

## ET SON AME.

———◆———

O mon âme ! dis-moi, toi, que l'on croit si belle,
Sais-tu si la vertu, cette fille immortelle
Que l'on surnomme au ciel la sainte vérité,
Que l'impie orgueilleux même à genoux revère,
Aux heures de bonheur, aux heures de misère,
Comme le seul appui de l'humble humanité,

A fait jaillir sur toi quelquefois de son aile,
Pour échauffer ton souffle une faible étincelle?
Répond, secret sans fin de la divinité?

    Quoi? des soupirs !!!... ô moitié de ma vie!
Que de son voile noir enveloppe l'envie,
    Tu connaîtras bientôt l'éternité!


    O toi, qu'un Dieu caché convie aux maux de l'homme!
Toi, dont pour nous l'essence est un grand axiome!
Un jour, à toi, ce Dieu paraîtra dévoilé;
Et là t'expliquera, de sa voix infinie,
Les choses de ce monde et leur sainte harmonie,
Et surtout ce que c'est qu'un homme immaculé!


    O mon âme! dis-moi, connais-tu l'innocence?
Sais-tu, si l'Eternel, approuvant ma puissance,
Dans tout ce que je fais, ici-bas, m'applaudit!
    Dans son courroux s'il me maudit?
Si les anges entre eux, dans leur brillant langage
Parfois s'entretenant de l'impie et du sage,
Disent de moi : « Voilà d'une grande cité
« Ce magnanime roi naguère assermenté,
« Qu'on révère depuis cette plage féconde
« Où germe le bonheur, jusqu'aux bornes du monde;
« Ce roi, dont des héros dans leurs hymnes de deuil
« Chantent les beaux exploits, debout, sur un cercueil;
« Qui toujours bon et juste, en sa douleur muette
« D'un grand peuple pleura sans rougir la défaite.


    S'ils prédisent qu'un jour ce bel ange effronté.....
Leur frère, aux hauts palais tant de fois redouté,

Mais que sous l'humble toit fermement on adore,
Descendra de la nue au lever d'une aurore
Pour prêcher aux mortels sa sainte liberté;
Ou s'il ne fera point, suivi d'une tempête,
Grondant dans son tonnerre, et menaçant ma tête,
Sur mon trône et sur moi, crouler du haut des cieux,
Des astres ébranlés les éclatants essieux.


Ensuite, si le noble archange
Muni du plein pouvoir au seing du grand esprit
Pour garder les mortels dans leur fragile habit
De suite s'échappant de la sainte phalange,
Quand la mort m'enverra son éternel sommeil,
Descendra récitant des faits à ta louange
Pour de ses ailes d'or t'embrasser au réveil.


Si te pressant après contre son sein vermeil,
Remontant tout joyeux d'admirer mon image,
Sa bouche séduisante et le brillant rayon
(Que la gloire jadis a posé sur mon front),
Et de ces blanches mains écartant tout nuage
Jaloux de ton essor, pourra jusques en haut,
A travers les foyers du grand astre en colère
(Qui me maudit, tandis qu'ici l'on me révère),
Arriver à bon port? Enfin, si le Très-Haut
Et les saints enchantés, chez eux, de te voir naître
Te sanctifieront, et d'un pas glorieux
T'installeront après au palais des saints lieux;
S'il en était ainsi, tu pourrais encore être

Un jour roi, lieutenant et trésorier des cieux ;
Mais il faudrait des plans bien combinés sous cape,
Et tel que Lucifer, l'archange audacieux,
Révolter ce royaume et jouer à la sape.

———————

## RÉPONSE DE L'AME.

Issue d'un mystère, au ciel, Dieu sait comment,
Pour d'un souffle piteux t'animer un moment;
Par toi bien façonnée à vêtir ton visage,
De ce noble respect, que sur le front du sage
Répandent les rayons d'un ciel pur, sans nuage,
Mais, dont toujours en vain j'enveloppe tes traits
Lorsque des vils flatteurs publient tes hauts faits;
Dans le poste éclatant dont tu t'es rendu maître
Par le vice conduit; et moi versant le fiel
Dans la coupe où tu bois, tremblant dans ton castel,
Crois-tu qu'on doive ici glorifier ton être?
Que les pas que tu fais par mon orgueil comptés,
Ne seront point un jour par les dieux contestés.
Qu'en dis-tu? réponds-moi, mortel trop téméraire!
Toi, des mondes connus le plus fourbe des R...!
Et tu veux aujourd'hui pour la première fois
Que pour plaire aux tyrans cette race sectaire,
Ainsi qu'à tes sujets je parle en vérité!
Eh bien! soit, j'obéis. Dans ma timidité
Tâche de rendre en moi la mémoire fidèle;
Car, sans toi, je suis nul surtout dans les sermens
Au reste, les mortels verront bien si je ments.

Jamais de la vertu, cette fille immortelle,
Je n'ai pu supporter le joug doux et léger;
Comme ton pauvre aïeul, oui, j'y veux déroger.
Son cœur a-t-il jamais respiré sous son aile?
Non, comme moi pour elle, il fut un étranger.


Oui, cet ange puissant qui fascine ta vue,
Et dont les vêtemens sont la foudre et la nue,
A qui l'homme a donné ce nom—la Liberté!
    Et Dieu le beau prénom—l'Égalité,
Doit bientôt, choisissant cette époque propice,
Où pour lui tes sujets s'offrent en sacrifice,
Se livrer pour te plaire, au vol des aquilons,
Planer sur l'univers, y semer ses rayons,
Et se fixer après dans ces lieux où l'aurore
Sourit à des héros délaissés, dont les fronts
Élevés vers le ciel pour l'adorer encore,
Se chargent saintement de verdoyans festons!
« Ces héros, de l'honneur, les plus nobles modèles,
   « A leurs sermens, toujours, toujours fidèles! »


    Jamais dans les saints lieux n'irai d'un noble essor
      Encenser Dieu de mes battemens d'ailes
Au milieu des rayons de sa gloire éternelle;
      Et n'entendrai l'harmonieux accord,
        Dont les saints de leur lyre d'or
        Enivrent la cour immortelle.
Car la voûte d'azur où brillent les saphirs
Parmi tous ses soleils et ses milliers d'étoiles
Est couverte pour moi toujours de sombres voiles
Que ne doivent jamais agiter les zéphirs.

Jamais pour les tyrans le ciel ne se colore,
Tout est sombre pour eux, le monde les abhorre ;
Et sur ce petit point de ce vaste univers,
Toi n'étant qu'un mortel maudit, au cœur pervers,
La vérité, par toi, dans tous les temps trahie,
Et moi, des noirs esprits là-bas surtout haïe,
Je ne serai jamais, oh ! non, un séraphin
A la face brillante, aux six ailes d'or fin,
Ne vivant que de grâce, et comme l'hirondelle,
Se roulant par le ciel au caprice de l'aile.

Je suis un noir dragon armé d'ongles de fer,
Qui hume avidement les vapeurs de l'enfer,
Enveloppé de feux et tel qu'une furie,
Vomissant tes projets d'avilir la patrie ;
Pour toi, portant sur elle un perfide regard,
Moi lui crier esclave ! oh ! tu mordras mon dard !
Car je ne suis pour lui que son âme flétrie ;

Un jour, oui, je verrai les puissans de ta cour,
Ces flatteurs, à tes pieds se jetant tour à tour,
Te fuir tous, fatigués d'être tes vils esclaves,
Comme on fuit un volcan lorsqu'il vomit ses laves ;
Battu de noirs projets, tel qu'un roc par les mers,
Tu seras pour ton peuple un funeste fantôme,
  Ne cueillant que des fruits amers,
  Qui régnera, mais sans royaume.

Vois, examine bien ce que je suis pour toi,
Sous ce limon couvert de la pourpre d'un roi,

Homme orgueilleux ! le sang qu'à ton peuple tu coûtes
Coulait-il pour toi seul ? Le bonheur que tu goûtes,
Était-il fait pour toi ? Sur ton front plein de fard,
L'homme au cœur vertueux promenant son regard,
Lira-t-il—« Je le dois à mon rare mérite,
« A la foi d'un serment saint et non hypocrite,
« Prêté du fond du cœur sur les brillans autels
« Dressés sous les rayons de ces jours immortels.....
« A ma sagesse. » — Oh ! non le fiel que goutte à goutte
Filtre sur moi, Satan, à travers de sa voûte,
Dans des sentiers obscurs guide toujours tes pas ;
Où là seul, préparant tes perfides appâts,
Pour, contre tes sujets, te vautrer dans le vice,
Tu marches à tâtons, longeant un précipice,
Fier d'être sans témoin dans tes honteux ébats ;
Mais sur ta tête un jour Dieu lancera sa foudre,
Et par tes noirs forfaits, digne d'un tel trépas,
L'on te verra gisant, délaissé sur la poudre,
Et moi, loin de monter radieuse au séjour
Des brillans séraphins vivant de saint amour,
Ayant vu le soleil t'arracher sa lumière,
Pour te pousser en bas dans la source première,
Loin, dis-je, d'être un jour le souverain des cieux,
Je ne serai pas même un esprit ténébreux.

————

# LETTRES

## DE

# L'EMPEREUR DE LA CHINE

## A SON AMI TYRMA.

# LETTRES

## DE

# L'EMPEREUR DE LA CHINE

### A SON AMI TYRMA.

———————

# AVANT-PROPOS.

———————

Ces lettres ont été trouvées au fond d'une armoire, dans un hôtel de la Chaussée-d'Antin ; elles étaient écrites d'un côté en langue française, et de l'autre en langue chinoise ; je les publie telles qu'elles m'ont été confiées, sans y avoir rien changé ; tant pis si leur style barbare écorche un peu trop les oreilles délicates.

Cependant, pour faciliter l'intelligence du lecteur, j'ai cru nécessaire de lui donner ici un petit abrégé de leur contenu ; je le prie d'avoir la bonté d'y porter toute son attention.

Le gouvernement chinois, d'après ce que j'ai remarqué dans ces lettres, est établi sur le même pied que le nôtre ; il se compose d'un Ministère, d'une Chambre des Députés, de Pairs, etc.... Ces Chambres ont, comme ici, leur côté gauche, leur côté droit, et principalement un centre ; c'est le côté le plus en renommée ; une charte constitutionnelle garantit aussi les droits du peuple.

Cet empire se divise en départemens, arrondissemens, administrés pour l'empereur par des préfets, sous-préfets, des maires ; les sergens, les sbires, les mouchards, etc... race magnanime de la plus haute bravoure, pullulent, comme en France, dans toutes les villes ; c'est à ces héros que l'empereur confie la garde de son diadême.

Leurs ministres n'ont pas un pouvoir aussi étendu que les nôtres ; ils ne sont que les secrétaires de l'empereur, auxquels celui-ci dicte ses ordres, comme un huissier à Paris dans son cabinet, dicte un exploit à ses clercs ; et si ses ordres ne sont point exécutés ponctuellement, à sa volonté, il ne le condamne point à la peine de mort ou d'exil, comme font plusieurs potentats de l'Europe ; il se contente seulement de les destituer en leur permettant d'emporter les richesses qu'ils grippent ordinairement pendant leur gestion ; il paraît même que l'empereur applaudit à tout rompre à ces gaspillages qu'ils font des trésors publics.

En 1833, ce grand monarque éprouva de grands chagrins, sa charte fut violée, assassinée... par un tas d'intrigans dont à cette époque il s'était entouré; il fut accusé de cette violation ; les Chinois se révoltèrent dans plusieurs quartiers de sa capitale; des attroupemens considérables s'y formèrent, y établirent des redoutes, s'y fortifièrent, et l'empereur, effrayé de ces préparatifs menaçans, convoqua le 1er juin en son sénat, tous les grands de l'empire, à l'effet de délibérer sur les mesures à prendre pour les combattre.

Dans la cinquième lettre, le lecteur ne lira pas je pense sans intérêt les détails que l'empereur donne de cette séance à son ami Tyrma ; les observations que chaque membre fait, les altercations fort vives qui s'y élèvent entre les partis, et surtout la stupeur profonde dont toute l'assemblée est frappée par l'annonce que leur fait ce monarque de l'apparition dans les nues d'un grand monstre aérien..... arrivant avec un grand renfort pour secourir les perturbateurs ou mutins.

Enfin, les 7 et 9 juin de cette même année (1833), l'empereur, après avoir mis sur pied une armée considérable, attaqua sur tous les points les perturbateurs ; dans tous les combats il fut battu.

> Pourtant, trente contre un les soldats combattaient,
> Hélas ! plus courageux les mutins frottaient.

Furieux de sa défaite, il fit arriver de toute part d'autres puissans renforts, les gardes urbaines prirent aussi les armes, et le 8 juin, à la pointe du jour les attaques recommencèrent ;

même acharnement au combat de part et d'autre ; les mutins firent encore des prodiges de valeur ; et ce n'est qu'après les plus grands efforts, et avoir fait couler par torrens le sang dans sa capitale, qu'il parvint à remporter une victoire dont, écrit-il à son ami **Tyrma**, long-temps parlera l'histoire.

Il fait même la description d'une redoute dont on ne put s'emparer qu'en déployant la plus grande opiniâtreté dans les attaques, défendue seulement par trente de ces perturbateurs, qui furent tous massacrés, préférant une mort glorieuse à la honte d'être faits prisonniers. Il finit ce récit en parlant de ces braves dans les termes suivans.

> En vain ces fiers mutins tels que les dieux Titans,
> Osent combattre encor la flamme des volcans ;
> Couverts de feu, de sang, les bronzes implacables
> Leur grondent un adieu de leurs flancs redoutables.
> Et la redoute est prise en défiant le sort,
> Les mutins, en Brutus, reçoivent la mort !

Il paraît que la veille des combats du 9 juin, cet empereur, tourmenté par de grands remords d'avoir fait répandre tant de sang, et par un profond chagrin de se voir dans la nécessité de recommencer le lendemain les massacres, se fit conduire, le soir de cette journée, dans son parc, situé à quelques lieues de sa capitale, pour s'y distraire et réfléchir sur tous ces événemens ; il n'eut pas sitôt fait quelques pas dans une de ses sombres allées, qu'un bruit sourd, suivi de gémissemens, vint frapper ses oreilles ; saisi de la plus grande terreur, il se disposait à prendre la fuite lorsqu'une voix terri-

ble l'arrêta par ces mots : Meurs! meurs!.... tyran, car tu
n'es qu'un parjure ! — Il avoue à son ami Tyrma, dans une
de ses lettres, que malgré sa bravoure naturelle, il crut être
en ce moment à sa dernière heure.

# LETTRE PREMIÈRE.

—◦✺◦—

1ᵉʳ Mai . . . . .

# LE MEURTRE.

O Tyrma ! le malheur aujourd'hui me poursuit ;
Ma charte vérité, par un cas fortuit,
Sur les ailes d'Éole, hélas ! s'est envolée
Poussée au loin, dit-on, par une giboulée.
L'on croit même déjà que de son chaste étui
L'âme de cette belle au noir séjour a fui.

Oh! comme elle alluma la lampe qui m'éclaire!
Du pays elle était l'étoile salutaire!
Son nom retentissait, jusques au fond des eaux;
Et mes jours s'écoulaient dans le plus doux repos!
Tout l'empire est en deuil et noyé dans les larmes!
Le soleil est brûlant.—Présage des alarmes!
Et moi, mon cher Tyrma, j'en mourrai de dépit!

Etait-elle goulue et de bon appétit!
Avant sa fuite, elle a, ce qui me contrarie,
Avalé en un trait, dans sa gloutonnerie,
Honneur, budgets, sermens! Enfermé dans l'hôtel....
Où jadis un héros qu'escortait Saint-Michel......
Y parut comme un Dieu rayonnant de lumière,
Qui contre les tyrans me prêtant son tonnerre,
Et dans mon cœur versant à flots la liberté,
L'amour du bien de tous, surtout l'égalité,
Me dit : « Mets sur ton front, mon fils, cette couronne,
« Le destin aujourd'hui par ma voix te l'ordonne;
« Car la fille du ciel en tressa les fleurons,
« Ces jours où le grand astre augmenta ses rayons!
« Conserve-là toujours de son éclat parée,
« Si tu veux des Chinois qu'elle soit révérée!
« O! ne soit point parjure et foule aux pieds l'orgueil,
« Ou sinon, pour palais, tu n'aurais qu'un cercueil!
« Aide le malheureux au fond de ses ténèbres,
« Pour qui la nuit, le jour, sont des heures funèbres;
« Le monde chantera les bienfaits renaissans,
« Tous les cœurs vertueux te jèteront l'encens.
« Et de ces trois couleurs... dont se peint la nature,
« Chaque rayon si doux dans sa substance pure

« Dissipera l'erreur qui fascine les yeux :
« Alors toujours d'azur se couvriront les cieux.
« Enfin sois empereur de ce puissant empire ;
« Tout ce que tu feras dans ces jours de délire,
« Sera par tous les saints délié dans le ciel.
« Adieu ! je vais pour toi filer des jours de miel ! »
Et de ces ailes d'or secouant la poussière,
Après prit son essor vers la céleste sphère.

Elle a fui..... C'est le jour où ce grand orateur
Grava dans un haut lieu ces mots plein de vigueur :
— « O vous, sots orgueilleux que la fortune joue,
« Vous qui traînez la charte aujourd'hui dans la boue,
« Ne rougissez-vous point de vos coups mal frappés ; »
Pauvre charte elle avait les pieds, les mains coupés !
C'est un chef de bureau, dit-on, d'un ministère,
Nouvellement élu, conseiller honoraire,
Devenu tout à coup un puissant renégat,
Qui, sur elle a commis ce lâche assassinat.
Pairs, ministres, préfets, dont l'âme est peu timide,
En ont, d'horreur aussi, tous la mine livide ;
Courant tels que des bœufs pressés par l'aiguillon,
        Pour lancer au besoin une punition.

Pour elle je brûlais de la plus vive flamme !
Adieu ! ma charte ! adieu ! pour toi se fond mon âme !
Loin de tes noirs bourreaux et de ce monde impur,
Vis pour moi, sous un ciel toujours brillant d'azur !
Et toi, mon cher Tyrma, de ta hauteur sublime,
Garde-moi ton amour, au cas que quelqu'abîme,
S'entrouvrant sous mes pieds, n'éveille l'avenir !
Tu sais combien je tiens à ton doux souvenir !

# LETTRE DEUXIÈME.

 ❧⊙❧

12 Mai.

## LES REGRETS.

Entouré, cher Tyrma, de mon grand ministère,
J'ai pleuré tout un jour, comme un petit garçon
Que le maître a fouetté d'une main trop sévère,
Pour ne pas avoir su deux mots de sa leçon,
Qui se lamente et crie : — O ma mère ! ô ma mère !
Oh ! viens à mon secours !—Craignant celui du père !

5

Secret impénétrable, ô bienfaisant rayon !
Ma charte vérité, base d'un grand système,
Qui sait d'où tu descends ? qui sait pourquoi je t'aime ?
Pourquoi te poursuit-on ? Pourquoi le cœur aimant
S'attache-t-on à toi, comme un fer à l'aimant ?....
Et puis sans nuls motifs, méprisant la justice,
Hélas ! t'inflige-t-on un si cruel supplice ?


Tyrma ! que je m'en veux, pour garder mon cœur pur
De n'avoir point entre elle et moi mis un grand mur ;
Elle n'eut point connu la tendre sympathie,
Trop vive dans mon cœur, par elle trop sentie ;
Pauvre charte ! pour qui, dans des chants immortels,
Je fis brûler l'encens sur des chastes autels !


Du moins si je pouvais lui rattacher un membre,
On la verrait encor tous les mois de décembre,
Sur mon bras appuyée, admirant mon minois,
Clopin, clopant, paraître aux débats de la chambre,
Pour y faire briller assise sur ses lois,
La raison du plus fort et les sermens des rois......
N'importe...... à son malheur tout mon être s'attache,
Il faudra bien des ans pour que je m'en détache !

# LETTRE TROISIÈME.

—◦➂◉➂◦—

16 Mai.

# LE MARTYR.

O rage, ô désespoir, Tyrma, de toutes parts
Fondent sur ma vertu d'injurieux brocards.
On n'accuse que moi du meurtre de ma mie *,
Moi qui cent fois pour elle ai prodigué ma vie.

* La Charte.

Mais c'est bien pis, l'on dit que j'ai trahi ma foi,
Que je suis un tyran, comme si j'étais roi....
Comme le léopard, que je fais patte douce,
Pour attraper les sots, et mieux jouer du pouce,
Avec Zuigot, Lomé *, la fleur de ce pays....
Quand chez moi tous deux, tels que deux chauves-souris
Se couvrant d'ombre épaisse, et sans cérémonie,
Ils viennent d'un budget enrichir mon génie.
Oh ! que depuis huit ans, dans le vice endurci,
Sans craindre les remords j'avale du souci !

Ensuite, qu'aux appâts d'un hameçon perfide
J'amorce, en ricanant, l'homme sage et timide ;
Cruels ! pour leur prouver que je suis innocent,
Que mon cœur est brisé de cet événement,
J'ai beau prendre à témoin tous ceux que le mérite,
Le génie éclatant, le zèle démocrite
Attirent dans Pékin aux sublimes emplois,
Tels que sergens, préfets, ces remparts de nos lois,
Conseillers, nobles pairs, ministres, suivans d'armes **,
Hommes sans peur aux jeux comme au sein des alarmes,

* Grands mandarins de l'empire.

** Chez les Chinois, les noms des plus hautes dignités ayant beaucoup de rapport (d'après ce que j'ai remarqué dans ces lettres) à ceux de pair, de député, de ministre, de préfet, en France, noms que presque toutes les autres puissances de l'Europe donnent aussi à leurs dignitaires ; j'ai cru bien faire de les nommer de même pour mieux éclairer le lecteur.

J'espère que nos illustrissimes seront assez indulgens pour me pardonner cette licence.

Ravis dans le repos, pris sous l'ombrage frais
De leurs brillans lauriers plantés pour eux exprès,
Ces gens, du despotisme esclaves volontaires,
D'un peuple trop crédule, indignes mandataires.


Surtout ces fiers marquis, ces ducs, vêtus d'honneurs,
Que la gloire en tout temps y séduit par ses charmes,
Et purs comme ces lys, dont les tendres couleurs
Naguère de leurs yeux faisant couler des larmes,
Leur donnent aujourd'hui de terribles vapeurs.
Rien n'y fait ; devenu, disent-ils, inutile,
Pour eux je ne suis plus qu'un menteur très habile ;
Et tous les jours en proie à leurs malins discours,
Insultant à plaisir mon illustre origine,
Par leurs propos crochus, écorchant ma poitrine,
Ils me traitent de fourbe, et de faiseur de tours.


Peut-on encor, Tyrma, m'accuser d'un tel crime ?
Qu'importe, leur mépris me rend plus grandissime !
Du rang où ma vertu tous les jours se fait voir,
Sous un fâcheux éclat pourrait-elle déchoir ?
Non, l'empire content du tribut de mes veilles,
Bientôt éclatera de mes hautes merveilles.


Vois-tu ce fier Chinois chargé de mes bienfaits,
De sa prospérité succomber sous le faix ?
Eh bien ! quand quelquefois il me regarde en face,
Pour lui plaire, aussitôt, je prends l'air d'un paillasse :
Tantôt, fier, je lui montre un front audacieux,
Tantôt, pour l'attendrir, j'ai des larmes aux yeux ;

Ainsi, je lui fais voir que j'aime la patrie
Qu'on ne peut me bannir que la raison ne crie.

Oui, cher Tyrma, l'honneur en tout temps me séduit ;
Tu sais combien je hais qui le blesse et le fuit ;
Je crois que c'est par là que je vaux quelque chose ;
Est-ce vrai ? — Non ! — Eh bien ! gardes-en bouche close.

Voilà les noirs chagrins dont je suis accablé :
Toujours sombre, rêveur, interrompu, troublé ;
Oh ! non jamais mon cœur en des pensers frivoles,
N'a de ses noirs bourreaux, encensé les paroles.
Sujets ingrats ! méchans ! ils creusent dans mon cœur
Un vide que jamais comblera le bonheur.
« Mon Dieu ! pardonnez-leur, et faites que ce crime
« Retombe sur moi seul ! que je sois leur victime ! »
Notre Seigneur, pour nous, est mort sur une croix ;
Pierre, son grand ami, l'a renié trois fois ;
Eh bien ! pour eux aussi, je veux sur une roue
Mourir en bon chrétien, et si l'on m'y baffoue,
Si comme à mon aïeul, le plus saint des martyrs,
A raser mon front haut un sort cruel se joue,
O ! Tyrma, quel bonheur ! à mes derniers soupirs
De leur chanter encor — « Mourir pour la patrie,
« C'est le sort le plus beau, le plus digne d'envie ! »
—Alors s'accomplissant saintement mes désirs,
Comme notre Sauveur dans sa sainte agonie,
Je pourrai leur crier — Élie ! Élie ! Élie !
          Lamma Sabactani !

Adieu ! noble Lomé, mon digne et tendre ami,
Adieu ! vers l'Éternel s'envole mon génie !

# LETTRE QUATRIÈME.

―❦❖❧―

19 Mai.

## , LA COLÈRE,

Tyrma, d'un feu nouveau j'ai ranimé ma voix ;
Je veux, m'environnant de la rigueur des lois,
N'avoir plus à souffrir d'affronts, ni d'injustices,
De ce peuple inconstant, je brave ces caprices.

  Oui, je suis décidé de vivre et bien jouir
De mes reports secrets : je ne veux plus mourir ;

Mais je veux d'un seul coup réduire tout en poudre,
Et sur tous les ingrats tomber comme la foudre !

Je veux que les soleils de leurs chemins de feu,
Dévient à ma voix, et par l'ordre de Dieu,
Confondant mon orgueil dans le crime et la haine,
Et comme un antechrist, prêchant leur fin prochaine,
Tous, maudits des enfers, chassés et furieux,
Sur eux, faire croûler l'axe brûlant des cieux !

Et moi, bravant l'arrêt suspendu sur ma tête,
Plein d'un noble courroux, comme avant la tempête,
Le vice dans mon cœur éteignant les remords,
Je rendrai grâce au Ciel d'avoir brisé leurs sorts !
Alors ce peuple ingrat, témoin de mon courage,
Soumis à mon pouvoir, sera juste et plus sage !

# LETTRE CINQUIÈME.

⸱⊶⊰⊙⊱⊷⸱

29 Mai.

# LA REDOUTE.

Sur un point situé près d'un temple de Dieu,
Qu'on nomme Saint-Lemi *, que tout passant salue
Avec un saint respect, et sent son ame émuë
En rappelant ces jours où des torrens de feu,

---

* Église que firent construire dans Pékin en 1600 les Pères de la Foi.

Sans discontinuer plurent sur ce saint lieu ;
Jours de gloire et de deuil ! et non loin de la rue
Où Mercure a placé l'enseigne — Au mortier d'or —
Quelques jeunes mutins, enfans de la patrie,
Tous frères, tous unis par le plus saint accord,
Sont venus d'un pas sûr, conduits par un génie,
Plein d'ardeur de combattre, au visage ingénu.

Tout à coup, d'un élan par eux même inconnu,
Autour, pierre sur pierre et tonneaux pleins de sable
Ont couru se placer sur les meubles d'érable,
Et semblaient obéir au son d'un chant divin,
Qu'avec regret couvrait un lugubre tocsin.
Ils veulent, disent-ils, en fêtes solennelles,
Offrir à l'univers des palmes fraternelles,
Et dans leur saint courroux, brisant le fer de rois,
Écraser d'un seul coup et mon trône et mes lois.
Et moi, suant, courbé sous le poids tricolore,
Je m'essuie le front que l'effroi trouble encore,
Attendant qu'un grand vent du nord ou du midi
Vienne, gonflant mon cœur, le rendre plus hardi.

Là point de fossés creux dont un jour de bataille
On entoure un plateau de la plus haute taille,
D'où cent bouches à feu, de leurs flancs en fureur,
Obscurcissant les airs, au loin semant l'horreur,
Sur les rangs ennemis vomissent la mitraille !
Des câbles, des vieux bancs seulement, voilà tout,
Crénelant le saint lieu de l'un à l'autre bout.

C'est là cette redoute au pied de l'édifice.....
Où croit me résister cette pauvre milice ;

Mais leur chef est un Dieu, qui les suivant partout,
Autour d'eux chauffe l'air du duvet de ses ailes,
D'où tombe sur leurs fronts des milliers d'étincelles,
Dont ils hument le feu, comme un baume de fleurs
Que l'aurore au matin a baigné de ses pleurs.

# LETTRE SIXIÈME.

-❧❧❧-

2 Juin.

L'empereur de la Chine tient une séance extraordinaire dans son palais, où ont été convoqués tous les grands de l'empire, au sujet d'une émeute qui s'était formée dans sa capitale ; détails qu'il donne de cette séance à son ami Tyrma.

Pairs, ministres, préfets, vous tous dont le courage
M'a de ce grand empire assuré l'héritage,
Salut ! asseyez-vous : dans mes soins paternels,
Je vous ai déniché de vos brillans hôtels,

Pour vite rétablir dans Pékin le bon ordre,
Qu'ont troublé des mutins avides de me mordre ;
Et de percer mon cœur, pour mieux voir à travers
Satan choyant ma clique au fin fond des enfers ;
Y contempler surtout cette chaudière ardente,
Où, dans son eau de soufre, et toujours bouillonnante,
Cuit de mon pauvre aïeul, hélas ! l'ame innocente
Sur laquelle est écrit, mais en lettres de feu,
Ces mots : Ci-gît un duc qui vota contre Dieu....

Voulant avec vigueur, dans ma juste colère,
Arracher à ces sots ce désir téméraire,
Je vous ai tous ici réunis en conseil,
Afin de détourner ce fléau sans pareil,
Dont les tristes effets ne me feraient point rire.
Vous rendrez une loi, sans voter, pour proscrire

Tous ces hommes sans frein, au cœur pétri de fiel ;
Après, nous chasserons l'astre maudit du ciel,
Dont les feux brûlent trop ma pensée immuable,
Ce qui, révérends pairs, est chose intolérable.
Point de pardon, surtout ! pas le moindre répit ;
Invoquez le saint code ou bien le Saint-Esprit !

Cependant il convient d'agir avec prudence ;
Il faut qu'un fin limier, dans le plus strict silence,
Aille s'informer d'eux, ce qu'ils veulent de nous,
S'ils sont républicains, tulipistes ou fous.

Jeter la poudre aux yeux, publiant dans l'empire
Que quelques étourdis voulant chanter et rire,

En vain, dans tous tripots qu'étant un triste appui,
Ne se sont ameutés que pour cause d'ennui ;
Envieux de mon bien, de mon coq, de ma gloire,
Dont, c'est sûr, l'avenir chantera la mémoire ;
Tous, couverts de haillons, vivant du pain d'autrui,
De tous les bons Chinois méprisés aujourd'hui ;
Mais issus, l'air hautain, de la sainte canaille !
Osant vouloir chez moi venir faire ripaille.

Publier que déjà leur destins sont fixés,
Qu'ils seront de l'empire honteusement chassés,
Que s'ils se rebiffaient pour chercher des bisbilles,
Armés comme jadis de bâtons et d'étrilles,
Ils seraient engloutis, eux et leur Liberté,
Par leur grand empereur, fils de l'Égalité.
Me comprenez-vous.—Non.—La chose est pourtant claire ;
Y voyez-vous du noir ? mon état est précaire,
Vous dis-je ; en ce moment, sous ce ciel empesté,
Où l'on respire un air d'illégitimité ;
Car il ma semblé voir aussi sur la nuée
La fée aux doigts crochus, par tous les rois huée,
Dont l'aspect réjouit tous les cœurs ingénus,
Cet ange, aux larges flancs, aux bras forts et charnus,
Qu'un essaim de démons, de leurs battements d'aile
Poussaient vers mon palais, voltigeant autour d'elle ;
La flamme lui sortait par torrens de ses yeux,
Et surtout de sa bouche.

LES MEMBRES DU CENTRE.

Oh ! quel spectacle affreux !

Ciel ! que nous dites-vous ; mais cette horrible fée
De son bonnet de sang était-elle coiffée ?

L'EMPEREUR.

Je le crois.

LE CENTRE ET LES MINISTRES.

Saint Jésus, ayez pitié de nous !
Sire, il faut sans retard, d'ici, démarrer tous.

L'EMPEREUR.

Moi, fuir ? êtes-vous fous ! Pourquoi cette faiblesse
Qui s'empare de vous ? Chassez cette tristesse.
Les marches du palais sont d'un terrible abord,
Restons ; car les absens, messieurs, ont toujours tort.
Rien pour fuir, déloger, nous presse en ce moment,
Pourtant, je suis d'avis en cas d'événement,
Que la nuit et le jour, tous sur mes coffres forts
Vous teniez l'œil ouvert, surtout lorsque je dors.

LE MINISTRE DES FINANCES.

Très bien !

LES PAIRS ET LES MINISTRES.

Êtes-vous sûr, sire, si c'était elle ?

L'EMPEREUR.

Très sûr, comme je vois de vos yeux la prunelle.

TOUS LES PAIRS, *à la fois.*

Oh! quel malheur!

### LE MINISTRE DE LA GUERRE.

Qu'importe, il faut, par nos efforts,
Prouver à ces mutins que nous sommes retords,
Tous des gens éprouvés et de fort bonne mine,
Dont le sang est bouillant et l'ame très mutine;
Que nous allons bientôt, bravement sans affronts,
Charger de bois leurs dos, comme on charge nos fronts;
Que l'empereur maudit les esprits colériques,
Et porte un grand amour aux hommes pacifiques;
Enfin que sous le feu de notre liberté,
Nous verserons sur eux notre sévérité.

### L'EMPEREUR.

Oui, mais il faut m'aimer comme on aima mon père,
Si vous voulez pour moi que le sort soit prospère,
Ou sinon, je m'en vais.

### UN MEMBRE DE LA GAUCHE.

Tout comme il vous plaira;
Sachez, qu'aucun de nous, ici, n'en pleurera.

(Une partie du conseil applaudit).

6

## L'EMPEREUR.

Quel est l'impertinent qui parle de la sorte?
— Tout comme il vous plaira. — Qu'on le mette à la porte !
Race maudite ! Hélas ! chantant le *ça-ira*.....
Oh ! je ne sais que trop qu'un jour on forcera
A s'envoler, poussés par un vent tricolore,
Mon coq, poules, poussins, volaille que j'adore.
Mais, quoique peu battant de peur d'être battu,
Car l'humeur débonnaire est ma grande vertu,
Je préviendrai leurs coups; ce soleil de misère......
Dont ils hument le feu, cachera sa lumière
Au signal de mon doigt; d'ailleurs, ce sceptre pur
Que je grippai jadis aux gens d'un rang obscur,
En chantant avec eux, et par ces mots je jure.....
( Sermens que je leur fis cent fois sans imposture )
A ces sots, ces pandours, dont je pressais la main
Sans craindre de salir mes gants à la Crispin,
Ce sceptre dont on croit que l'éclat s'évapore,
Dieu merci, sur mon front, sans honte pèse encore ;
Ainsi, ces fats capots sous un ciel sans rayons,
N'y voyant que du noir, ne marchant qu'à tâtons,
Faibles, manquant de feu, pourtant fort en colère
De se cogner le nez, piteux, gisant par terre,
Et nous tombant sur eux à coups de cimeterre,
Rendront l'âme. Oh ! c'est sûr, un excellent moyen,
Que sanctifiera le pape franciscain !....
Puis, n'ai-je point pour moi la mitraille et la poudre?
Et l'Alcide Jubaud, fils du dieu de la foudre?
Morbleu ! de ma prudence ils seront étonnés,
Et de mon grand courage auront un pied de nez :

En attendant, messieurs, entonnons un cantique ;
Aujourd'hui ce secours est urgent, pathétique ;
En adressant en haut des hymnes et des vœux,
Le sort peut devenir pour nous moins rigoureux :
Les saints aiment beaucoup aussi qu'on les cajole,
Jésus-Christ nous le dit dans une parabole ;
Mais en langage pur, noble et des plus pieux,
Doré, tel que celui de nos rois orgueilleux.
Ensuite, je n'agis dans ma haute sagesse
Que pour vous seuls, seigneurs, la fleur de ma noblesse !

Ciel ! écoutez !... qu'entends-je ? un bruit doux et léger,
Comme un battement d'aile, et suivi d'un éclair,
Vient à l'instant, messieurs, de frapper mon oreille.
L'avez-vous entendu ?

(Grand étonnement dans l'assemblée.)

### UN MEMBRE DU CENTRE.

Sire, quelque merveille,
C'est le grand Saint-Carlius * et l'archange Almanzor,
Abandonnant les cieux, et leurs grands palais d'or,
Exprès pour vous venger ; ou s'informer peut-être
Si l'empire chinois est encore sans maître ;....
Autrement, s'ils pourraient comme étant gens adroits
Prendre rang parmi nous pour défendre vos droits.

---

* Empereur chinois, le cousin et le prédécesseur de celui-ci, mort depuis quelques années.

## L'EMPEREUR.

Non, cela ne se peut, membre nobilissime!
Noyau de mon empire, esprit savantissime!
Du sommet de leur gloire, au milieu des douleurs
De cette terre ingrate où germent les malheurs,
Ces grands saints, dont naguère ici-bas les merveilles
Ecorchèrent si fort des Chinois les oreilles,
Certes, ne viendront point secourir un mortel,
Qui les fit expulser du trône d'Israël.


Ainsi, n'ajoutez point, messieurs, de l'importance
A ce que vient de dire avec tant d'éloquence
L'honorable orateur, qu'un zèle trop payé
Attire dans Pékin pour être mieux choyé.
Ce bruit accompagnait un son très harmonique,
Clair, aigu, tel qu'un sol de l'Opéra-comique,
Lorsqu'on y prend ce ton pour chanter un grand air;
Tenez!... l'entendez-vous? C'est lui.... qui frappe l'air.
« La voûte du palais même encore en résonne * ; »
Mais que vois-je! Un soleil sur tous vos fronts rayonne!
Ciel! quel brillant éclat répand mon très cher duc ** !...
« Oh! oui, c'est bien cela, cet accord quatacuc !....
« Est sorti de chez moi, de cette cour voisine,
« Il était aussi doux que cette voix divine,

* L'empereur prononce ces paroles avec vivacité, et les membres de l'assemblée sont tous bouche béante, l'oreille tendue pour écouter ce bruit qu'ils entendent dans le lointain, et qu'ils ne peuvent définir.

** Fils aîné de l'empereur.

« Qui vient de temps en temps nous inspirer d'en haut !
« Ma couronne en a fait un petit soubre-saut.... »

( Murmures dans l'assemblée.)

Qu'en dites-vous, messieurs ? quelle sainte harmonie !
Elle a touché mon cœur....

UN MEMBRE DE LA GAUCHE.

Quelle cacophonie !

(On rit.)

UN MEMBRE DE LA DROITE.

Ce bruit à parler vrai m'a rendu tout penaud ,

UN MEMBRE DU CENTRE.

Sire , moi, je l'entends.

L'EMPEREUR.

Taisez-vous donc, nigaud.
« Dieux ! c'est vrai, mon coq chante, ô fortune ennemie !
« Je te tiens cette fois sous ma cacochymie... ;
« Je vais donc aujourd'hui t'expulser de chez moi ;
« Qu'à l'instant, dans Pékin raisonne le beffroi !
« Qu'on publie partout l'étonnante nouvelle
« Du chant du noble coq, de ses trois grand coups d'aile !
« Dans ce moment où tous, écrasés de frayeur,
« Nous attisions nos feux pour vaincre la fureur

« Du monstre aérien avec sa noir escorte,

« Descendant chez les gueux pour leur prêter main forte ;

« Qui vont tomber sur nous, que l'on n'oublie rien.

« Pas même sur nos fronts son éclat purpurin.... »


LE CENTRE, *à la fois.*

Vivat ! très bien ! très bien !


LA GAUCHE.

Silence ! à l'ordre ! à l'ordre !

Au centre, ces gens-là sont toujours prêts à mordre,

Brioches, pains, molets, pour eux puissant renfort,

Lorsqu'ils cherchent la gloire, et les combats à mort.

A ces paroles, prononcées par le côté gauche, l'Empereur se lève de son trône dans une grande colère, et fait l'observation suivante :


L'EMPEREUR.

Oui, messieurs, vous prendrez à cœur mes infortunes ;

Croyez que ce n'est point aujourd'hui pour des prunes

Que j'exige de vous promptement un secours,

Pour défendre mes droits contre quelques pandours ;

Il en est parmi vous, qui, sachant mon martyre,

Bien loin d'y prendre part, n'en ont rien fait que rire ;

Je les maudis ; jaloux de notre liberté,

Ils voudraient voir mon coq. — Pauvre coq, dégoté !

Agissez de rigueur et de persévérence

Pour les punir aussi de leur sotte arrogance ;

Point de parcimonie, elle est hors de saison :
Forgez, forgez des lois, qu'il en pleuve à foison !
Et je serais, messieurs, indigne de la vie,
Si j'usais envers vous encor de perfidie ;
Après m'avoir rendu ce service important,
Qui peut me rendre un jour un empereur puissant.

(Bravos répétés dans toute l'assemblée.)


LE MINISTRE DE LA GUERRE.


Messieurs, il ne faut point maintenant en démordre,
Donnons à ces mutins du fil de fer à tordre ?
Profitons de l'augure, et forçons le Destin
A ne point nous fixer d'un œil aussi malin.
N'attendons point qu'il vienne un jour frapper nos têtes
Car tous au loin perdus, jettés par les tempêtes,
D'un budget complaisant pleurant sur le rapport,
Il oserait, messieurs, nous disputer un port.
Ensuite renversant le sacré sanctuaire,
Où se carre si bien le droit légitimaire,
Pour perchoir, notre coq, n'ayant qu'un vieux poirier,
Grattant par-ci, par-là, sur un pauvre fumier,
Il nous le montrerait gisant dans quelque ornière.
Les deux pattes en l'air, le cou sous une pierre.


Le président de la Chambre en agitant sa sonnette, s'adresse à l'honorable assemblée, où de tous les côtés s'élèvent des cris, des observations à ne plus finir, après les dernières paroles prononcées par l'honorable orateur descendu de la tribune.

### LE PRÉSIDENT DE LA CHAMBRE.

Quel bacchanal ! messieurs, ne parlez pas si haut.
Croyez-vous être ici chez le grand roi Pétaud ?
En son conseil privé, quand un débat s'engage
Sur quelqu'impôt foncier, il faut voir quel tapage !
L'un veut le sou pour livre, un autre vingt pour cent,
Pour mettre le holà, Pétaud.... dit je veux tant :
Le calme alors renaît, et cette différence
Passe, vous m'entendez, en flûte ou bien en danse.
Daignez donc, s'il vous plaît, prendre dorénavant
Un ton parlementaire et moins accoquinant ?

### UN MEMBRE DU CENTRE.

Illustre président, qu'il ne vous en déplaise,
Notre conduite ici, n'est point du tout mauvaise ;
Nous voyez-vous jamais devenir furieux ;
Lorsqu'un vote payé se déroule à vos yeux,
Si ce grand tripotage, aussi parfois nous blesse,
C'est que des gens sans cœur et sans délicatesse
Osent injustement, attaquant notre honneur,
Vouloir trop empiéter sur nos droits d'assommeur,
Et prôner que siégeant en ce lieu sans patente,
Du centre les trois quarts n'ont point voix compétente.

### UN MEMBRE DE GAUCHE, *avec feu.*

Oui, messieurs, par vos soins, vous avez abusé
Un électeur sous cape, après autorisé ;....

Et nous savons qu'ici conduits par l'injustice.
On ne se sert de vous que pour servir le vice.

(Murmures terribles au centre et applaudissemens aux tribunes réservées au public.)

LE MEME.

La franchise, messieurs, suit toujours mon honneur ;
Je ne mâche jamais ce que j'ai sur le cœur.
Au surplus, l'on connaît ce que vous pouvez être ;
Ce qu'est aussi pour nous notre très puissant maître ;
Nous qui l'avons fait chef des quatre facultés ;
Quand la gauche à la Chambre émet des vérités,
Tout le centre à la fois aussitôt se courrouce,
Tape des pieds, des mains, se bat, crache, hurle et tousse :
Quel tapage infernal chez ces élus du ciel !

UN MEMBRE DE LA DROITE.

Il n'est rien comme un *plat à la maître d'hôtel*.....
Qu'escorte un gros chapon à la sauce *Macaire*,
Exposés sous leurs dents, pour les faire tous taire ;
Traitent-ils avec goût après cette matière ?

UN MEMBRE, *de sa place, en riant.*

C'est très vrai, tous jaloux de s'en réconforter,
Dans leur cour ils ont soin d'en bien faire empâter.

PLUSIEURS MEMBRES DU CENTRE, *avec colère.*

A l'ordre ! l'orateur, c'est trop nous insulter !
Vous l'avez entendu ? Quel ton d'exubérance !
Quel mépris ! Mais avant de finir la séance,
Il faut à la question que ce membre soit mis !

TOUT LE CENTRE, *à la fois.*

Oui, messieurs, envoyons ce membre en paradis.

UN MEMBRE DE GAUCHE.

O vous ! dont on connaît les âmes si bobonnes,
Expulsez-en ce fiel que n'ont point les lionnes :
A quoi vous servirait cet impuissant courroux,
Comme vous, à Cibêtre en agissent les fous ;
Croyez-vous, que vos cris et toutes vos grimaces,
Vos menaces du poing, l'embonpoint de vos faces,
Intimident nos cœurs, embrouillent nos esprits ?
Allez ; c'est plus succinct, soigner vos appétits.
Tous vos discours remplis d'inutiles paroles,
Ne nous prouvent que trop que vos cœurs sont frivoles ;
En vain arguerez-vous le zèle et le sang-froid
Que nous montrons ici pour appuyer le droit ?
Qui vous défend d'avoir le sot projet en tête
De placer les Chinois au-dessous de la bête ?
Ah ! messieurs, croyez-moi, c'est trop vous acharner
A condamner ce membre, et pour en terminer,

Pensez, cela vaut mieux, à saisir vos armures,
Pour parer des mutins les fortes écorchures ;
Ensuite à vous laver de toutes vos souillures.


LE MINISTRE DE LA GUERRE.


Enfin, souffrirons-nous que des tristes flambeaux
Éclairent nos douleurs sous des maîtres nouveaux ?
Que Pékin, aujourd'hui cette reine du monde
Dont on chante en tous lieux les exploits à la ronde,
Sous le fer des mutins expire sans combats ?
Non, nous devons combattre, affronter le trépas;
La gloire que pour nous acquerra notre armée,
Jamais ne passera, j'en suis sûr, en fumée.


LE PRÉSIDENT DES MINISTRES.


Plaignons, plaignons, messieurs, un maître malheureux
Dont le bonheur du peuple est l'objet de ses vœux,
Mais que le sort cruel en ce moment outrage,
Pour quelques étourdis, rebelles, sans courage,
Qui, traîtres, vicieux dans toutes les saisons,
Pensent être aujourd'hui, des Brutus, des Catons ;
En avant ! tapons-les ! sauvons la tyrannie !
Cette femme au cœur noir, sœur de l'ignominie.
Le Tout-Puissant d'en haut bénissant notre ardeur,
Sur nous, fera pleuvoir des brevets d'assommeur.


(Très bien ! bravo !)

UN MINISTRE, *avec sa lorgnette.*

Mais ne les voit-on pas, là-bas, là-bas, paraître ?
Regardez bien, messieurs, à travers la fenêtre.

LE MINISTRE DE LA GUERRE.

Oui, messieurs, ce sont eux, n'agissons pas sans fruit ;
Soyons prêts à boxer.

L'EMPEREUR.

A quoi suis-je réduit ?

UN MEMBRE DU CENTRE , *abandonnant sa place avec vivacité.*

Oh ! là, là ! je me sauve ! adieu, noble pitance !
Qu'au palais, tous les jours, par droit de redevance,
J'avalais en dansant ; adieu tous mes profits !
Nobles préopinans, je me meurs — *væ victis !*

LE MINISTRE DES FINANCES.

Eh mon Dieu ! quelque chose en ce moment m'inspire
Pour sauver promptement aussi ma tirelire !

L'EMPEREUR.

Je n'entends pas, messieurs, qu'on se sépare ainsi ;
Avant, délivrons-nous d'un mutuel souci ;

Croyez-vous bonnement qu'aujourd'hui je consente
A vous sauver sans moi? votre fuite est plaisante,
Et mon coq, mes trésors, parlez, qu'en ferions-nous ?
Il ne faut pas, messieurs, ne penser que pour vous.

LE MINISTRE DES FINANCES.

L'empereur a raison, il faut encore attendre.

LE CENTRE, *à la fois.*

Noble préopinant, ils pourront nous surprendre.

LE MINISTRE DE LA GUERRE.

Non, avec du charbon, du soufre, de l'airain,
Du salpêtre et du fer, par le feu mis en train,
Pour affermir nos biens dans cet état précaire,
Je vous jure, messieurs, d'apaiser leur colère.

(Très bien, très bien.)

Le ministre des cultes, son portefeuille sous le bras, arrive suivi de deux vicaires, dont un est porteur du saint-viatique; après avoir tous les trois, pendant un moment récités des prières, le ministre prend la parole, en s'adressant pieusement à MM. les pairs, aux autres ministres, et principalement au centre.

LE MINISTRE DES CULTES.

Messieurs, je viens vers vous le cœur rempli de Dieu,
Du Dieu qui du néant vous a sortis sans feu;
Dont la puissante voix, créatrice et féconde,
Forme aussi les héros dont cet empire abonde,

Ces guerriers en haillons que l'on voit quelquefois,
Faire trembler les monts en critiquant les lois,
Que la saine raison chez vous très peu fidèle,
Vous fait ici voter en déplumant son aile ;
Enfin, comme un soleil, par ordre déplacé,
Pour vous brûler le cœur, que la peur a glacé,
Je viens à tous offrir une très sainte hostie,
Secours que vous envoie la prêtresse Pythie ;
Un tel renfort suffit dans ces jours de douleur,
Pour vaincre ces démons et sauver l'empereur.
Approchez ! Mais avant, il faut, sans imposture,
Faire ici le serment d'écraser la roture,
Cet ouvrage imparfait de la belle nature,
Où naissent ces mortels, sans mœurs, sans foi ni loi,
Osant se croire autant qu'un marquis ou qu'un roi.
— Nous le jurons ! — Eh bien ! suspendez vos harangues,
Et de vos fins palais daignez sortir vos langues.
C'est très bien ! maintenant prenez un air contrit ;
Car déjà sur vos fronts souffle le Saint-Esprit !

En ce moment, tout le centre, pairs, ministres, préfets et l'empereur,
reçoivent la sainte communion.


## LE MEME.

*Consommatum est ; Dominus vobiscum.*


Aujourd'hui de vos corps si quelqu'ame s'échape,
Ne craignez point, messieurs, que le diable la hape,
Et de ses doigts crochus faits comme ceux de Thiers,
Ne l'entraîne, en riant, au fin fond des enfers.

Comme je vous l'ai dit, ce prompt auxiliaire,
Est à propos venu pour vous tirer d'affaire.


Allez ! enfans de Dieu, massacrer les pandours :
Assommez, foudroyez, tapez comme des sourds.
Alors, moi, des autels dispensateur suprême,
Je lancerai sur eux mon terrible anathème,
Convaincu qu'en peu, mis à la sauce au persil,
Ils seront tous croqués, léchés — ainsi soit-il !


### UN MEMBRE DE LA GAUCHE.


Eh quoi ! vous prétendez, vous, ministre des cultes,
Digne appui de l'église et de ses lois occultes,
Nous prêcher que ces ducs, ces barons, ces monarques,
Qu'on distingue ici bas à leurs frivoles marques,
N'ont point été pétris de ce même limon
Dont tout être est sorti, même le puceron ?
Mais le maître du monde, en créant la lumière,
A-t-il dit : « J'annoblis cette part de poussière
« Qu'au cahos j'ai choisi pour former des mortels,
« Qui, seuls ayant le droit d'encenser mes autels.
« Gouverneront ici, bien choyés, sans rien faire,
« Et pourront, à leur gré, se partager la terre ;
« Sans vertu, plein d'orgueil, étrangers au malheur,
« Ils ne seront jamais accablés de douleur ;
« Leur sang sera plus pur, s'élevant de leur poudre,
« Au-dessus de tout être, ils guideront la foudre. »
Dieu n'a point dit cela, tous, soumis à ses lois,
Respirant le même air, barons, comtes et rois,

Doivent aussi payer comme nous, au passage...., 
Un droit mal établi, voilà notre partage.

( Des cris de bravos s'élèvent de tous les côtés de la Chambre. )

LE PRÉSIDENT DU CONSEIL DES MINISTRES.

Sire, d'un feu nouveau tous nos cœurs sont épris,
Qui ranime nos sens, éclaire nos esprits ;
D'un œil moins désolé nous attendons l'orage.
·Cependant le temps presse, et, dans notre courage,
Au trône nous allons fortifier vos droits.

LE CENTRE, *à la fois.*

Très bien ! allons, aux voix, aux voix, aux voix, aux voix !
Vite, dépêchons-nous, illustrissime Chambre !
Tombons sur les mutins, pour leur couper un membre....
Dont la mâle vigueur à l'abri des affronts,
Excite nos moitiés à rire de nos fronts ;
N'oublions pas surtout les grands monstres femelles....
Qui viennent leur servir aussi de.... maq.....

A ces mots, prononcés par le centre, l'on n'entend que les cris — respect aux mœurs !... ah ! ah !... à bas !... à bas le centre !.... mais un des membres du même côté, voulant sans doute pallier la sottise que venaient de commettre ses honorables confrères, se met tout à coup à crier d'une voix forte — Vous avez mal interprété nos paroles ; elles étaient aussi pures que nos ames ; et c'est à tort que vous vociférez contre nous ; les voici : .... je vais les répéter telles qu'elles ont été dites.

N'oublions pas surtout ces grands monstres femelles
Qui viennent leur servir des palmes immortelles.

( Applaudissemens à tout rompre dans l'assemblée.')

LE CENTRE, *de nouveau, avec feu.*

Enfin, Messieurs, votons, votons, votons des lois
Pour sauver notre maître encore cette fois.
Ensuite, en bons chrétiens, nous prendrons nos rosaires ;
Le souverain des cieux, touché de nos prières,
Soumises à ses pieds par un saint plein d'ardeur,
Nous bénira. — Bravo ! Vive notre empereur !

LE PRÉSIDENT DE LA CHAMBRE, *agitant sa sonnette.*

Paix au centre ! mettez vos langues en fourrière !

LE PRÉSIDENT DES MINISTRES.

O toi, portier du Ciel, vénérable Saint-Pierre !
Qui d'un péché bien noir par Jésus fus absous,
Oh ! non jamais, ton coq n'eut un chant aussi doux
Que notre noble coq, pondu par une outarde,
Le tien n'était qu'un juif et de race bâtarde,
Mais le nôtre est Chinois, éclos d'une cocarde,
En trois jours, sous le feu d'un ciel républicain.
Tu vois comme son chant nous rappelle soudain ;
La foudre déchaînée, au ciel même en colère,
Lorqu'elle rompt la nue en menaçant la terre,
Ne produit un effet aussi grand, si certain,
Que ce chant fait sur nous, quand on vote au scrutin.

Aussi, sommes-nous fiers, quand dans son caquetage
D'un petit œil finot, s'admirant dans sa cage,

7

Il nous cascaille après ces mots : « Je suis heureux
« De vous voir, mes amis, par d'efforts généreux
« Chercher à bien caser mon règne dans l'histoire,
« Et graver mes exploits au temple de la gloire ;
« Rendre mon peuple heureux, est mon plus grand désir,
« Et je compte sur vous pour noblement agir. »


Puis prenant son essor, d'un doux battement d'aile,
Qu'il vienne nous baiser comme une tourterelle.


Une belle couronne aux brillantes couleurs
( Qu'encensent, à genoux, des milliers de flatteurs )
Sur sa crête orgueilleuse, annoblit son allure ;
Le soleil en courroux souvent même en murmure.


### LA GAUCHE.

Oui, c'est vrai, gloire au coq ! ce vainqueur des pierrots.


### LE CENTRE.

A bas la gauche ! à bas, ces chefs des Astaroths !

( En ce moment, toute l'assemblée est en mouvement. )


LE PRÉSIDENT DE LA CHAMBRE, *s'adressant au centre avec vivacité.*

De grâce suspendez sur vos langues trop longues,
Ces cris, dont vous heurtez sottement les diphthongues ;

Dans vos questions ha!... ha!... * que vous faites toujours
Lorsqu'ici la raison domine le discours,
Oubliez-vous, messieurs, que du haut de son trône
L'empereur vous entend, son réglement ordonne
D'être calmes, soumis, souples et bien portés
A dire toujours, oui, jamais non. Écoutez.....

A ces paroles du président, succède un profond silence.

L'EMPEREUR.

Je suis en ce moment on ne peut plus sensible
A cet amour pour moi de la chambre éligible.
Je veux récompenser largement son ardeur,
Je les nomme aujourd'hui tous chevaliers d'honneur.
Veuillez, grand chancelier, en prendre à l'instant note.

En ce moment, l'Empereur prononce à voix basse les paroles suivantes
au grand chancelier.

C'est ainsi, quand je veux tirer une carotte,
Que j'agis noblement; mettez vrai quand c'est faux,
Ma raison me l'ordonne, et qu'ils sont sans défauts.
— Mais, Sire ! — Point de mais : ici j'agis en maître;

(Tout haut.)

Je suis reconnaissant, et je veux toujours l'être;

* Questions ou réponses que font toujours ces messieurs du centre lorsque l'on agite à la Chambre des vérités incontestables.

Qu'un huissier, à l'instant, aille chercher les croix.
Qu'on fasse choix surtout de celle au coq chinois !
C'est la croix des héros, c'est la croix citoyenne,
Que je donne toujours aux enfans pour étrenne.

(Des cris de vive l'Empereur se font entendre.)

### LE GRAND CHANCELIER.

Mais, Siré, je crains bien que quoique fort dispos,
L'huissier puisse lui seul les porter sur son dos.

### L'EMPEREUR.

Qu'on lui donne un préfet avec une huguenotte,
Et si cela vaut mieux, à chacun une hotte.
A tous deux ils pourront les porter aisément,
Puis être de retour immédiatement.

Et vous, messieurs les pairs, par grâce singulière,
Comptant sur votre appui pour venger ma colère,
Sans rire je vous fais tous aussi demi-dieux ;
Mais ayez soin, au moins, de la voûte des cieux,
De porter vos regards sur notre pauvre sphère,
Où mon grand avenir y devient très précaire ;
Car vous n'ignorez pas que d'insolens pandours
Font les cent dix-neuf coups pour me jouer des tours.

### LES PAIRS.

Sire, faut-il, quittant cette terre maudite
Qu'on asperge si bien aujourd'hui d'eau bénite,

ndigne de jouir de vos divins bienfaits,
Rester en attendant dans nos tristes palais ?

L'EMPEREUR.

Non, vous ayant placés dans un rang lumineaire,
Il convient maintenant, ce qui devra vous plaire,
Ce pays ci, pour vous, n'ayant assez d'appas,
Où brillent sans rougir de puissans renégats ;
Où l'on voit se targuant, assez haut de corsage,
Un fourbe enorgueilli représenter le sage,
Et des ducs à deux sous, en pédans fastueux,
Surtout les intrigans, trancher du vertueux,
Que vous habitiez tous dans un rais de la lune.
Là, messieurs, l'on y fait en trois jours sa fortune ;
Dans des palais d'azur, et toujours bien au frais,
L'on y vit bien, l'on danse et l'on est à l'engrais.

LES PAIRS.

Les rois de ce pays ont-ils l'ame frivole ?
Comme ceux d'ici-bas, tiennent-ils leur parole ?

L'EMPEREUR.

Jamais, illustres pairs, l'usage dans ce ciel,
Est de couvrir le faux d'un langage de miel ;
Par exemple, on y vante un peu trop l'ignorance,
Mais, à ces demi-dieux, à quoi sert l'éloquence.

LES PAIRS.

« Oh ! quel bonheur pour nous, quand nous serons là-haut.
« De pouvoir, à notre aise, y mentir comme il faut ;
« Rire, boire et danser, être des corps sans ame,
« Et comme Nicolas, d'avoir l'esprit infâme ! »

LE FIN LIMIER

( De retour de sa mission de chez les mutins. )

Sire, suant la peur, me voilà de retour
Du camp de ces mutins. Agissant sans détour,
A mon gré, maîtrisant ma trop juste colère,
Je les ai questionnés sur ce qu'ils voulaient faire ;
Ce sont de vrais démons ; chez eux pas de raison ;
Et tous, l'estomac vide, et d'appétit glouton,
Vous trouvant très replet et trop gros de puissance,
Trouvent bon qu'aujourd'hui vous soyez leur pitance.

L'EMPEREUR.

Mais êtes-vous, monsieur, bien instruit sur ce fait ?

LE FIN LIMIER.

Oui, Sire !

L'EMPEREUR.

Est-il possible ? et mon pauvre budget ?

LE FIN LIMIER.

Étant peu satisfaits de votre insuffisance,
Ils n'en veulent qu'à vous.

L'EMPEREUR.

C'est un point d'importance.
— « Les malheureux, les sots, ils n'en veulent qu'à moi, —
« Sans égard pour mon fils, le brave Saint-Éloi. »

LE FIN LIMIER.

Oh ! très certainement ! ils déclament sans cesse
Contre vous, contre nous, maudissant votre espèce,
Ils ont les poings fermés, les regards menaçans,
Et sont guère dispos à vous jeter l'encens ;
Enfin, de ces pandours, la troupe recréée,
Fait le branle à l'entour de la terrible fée.

L'EMPEREUR.

Eh bien ! je les attends.

LE CENTRE, *effrayé.*

Mais, s'ils viennent sur nous ?

L'EMPEREUR.

Je suis là ; point de crainte, ainsi, rassurez-vous.

LE MINISTRE DE LA GUERRE,

Avec les autres ministres, à la tête de tous les officiers de l'armée.

Sire, nous nous sentons tous remuer la bile,
Qui vient nous conseiller quelqu'action virile :
La valeur nous surprend ; en bons et francs lurons
Nous allons vous aider à vaincre ces démons.

L'EMPEREUR.

Messieurs, je vous sais gré du feu qui vous enflamme,
Combattons ! en vos mains plaçant mon oriflamme,
A cheval sur mon coq, et mon sceptre à la main,
Invoquant Saint-Denis, Saint-Roch Saint-Marcassin....
Pour qu'ils guident nos bras de leur sainte lumière,
Nous tomberons sur eux ; et d'un coup de tonnerre,
Nous ferons à ces fats, avaler la poussière.

( Aussitôt la séance levée, on n'entend que le centre, chanter et
crier : En avant, marchons, etc....

# LETTRE SEPTIÈME.

-➤❧✾❦∘-

7 Juin.

## LES COMBATS.

Tyrma, l'astre du jour était à peine éclos
Que le sept dans Pékin gémissaient les échos
Du bruit de mes canons qui, sur d'hommes sans armes,
Vomissaient le trépas ; jour de sang, jour de larmes !
De trente régimens roulant de toutes parts,
Sortaient des feux croisés sur tous les points épars ;

Au premier coup d'appel, mes gardes s'assemblèrent,
Maréchaux, généraux, ensemble se liguèrent,
Pour écraser ces fats, qui défiant les cieux,
Voulaient d'un ton badin et des plus gracieux,
Tantôt des plus cruels que leur soufflait le diable,
Sans craindre d'offenser ma pensée immuable,
Arracher une plume à mon coq ! — Pauvre coq !

« Oh ! m'écriai-je, à moi, disciples de Wildoq *
« Sergens, préfets, dragons, belle clique moucharde,
« Magnanimes héros de la sainte cocarde,
« Vous qui, fiers comme lui d'avoir l'esprit malin,
« Par vos dignes exploits, surpassez Saint-Mandrin !
« En planant nuit et jour sur ma ville féconde ;
« Et de ses carrefours, humant l'odeur immonde,
« D'un courage éprouvé, brisés à coups d'estoc,
« Ces Suisses tant musqués, que hic, que hoc, que hoc,
« Par de nobles efforts, (comme garde honoraire
« Du timide rentier, du bon propriétaire),
« Ont exprès posté là dans ces lieux enchantés,
« Et pour plaire surtout aux hommes patentés,
« En braves spadassins, le briquet sur la hanche,
« Ou bien en conseillers, le poignard dans la manche,
« Quelquefois en faquins, jouant les chevaliers ;
« Bref, sous tous les habits étant très fins limiers,
« Sauvez-moi ! que chacun guettant dans un coin sombre,
« Assomme les passans, et les cache dans l'ombre.
« Par votre fermeté, secondant mes soldats,
« Appliquant bien vos coups, le ciel guidant vos bras,

* Personnage illustre et d'un grand génie à Pékin.

« Bientôt sur mes drapeaux paraîtra la victoire,
« Lançant de purs rayons ; oh ! quel jour pour l'histoire !
« Adieu ! sur vous je compte ! un serrement de main.
« Entendez-vous hurler le monstre au corps d'airain ? »

Après, je pris mon vol vers le champ de bataille.
Croirais-tu que malgré les torrens de mitraille,
Que versaient mes canons sur ces nouveaux Brutus,
Ils dansaient. Pauvre coq ! lui, chantait les *agnus*,
Et moi les *oremus* pour cette digne armée
Dont les chefs, les soldats, tous l'ame bien formée
A défendre mon bien, agissant, pleins d'ardeur,
Enfonçaient tour à tour, sans reproche et sans peur,
Boutiques et maisons ; puis était-ce par rage
Qu'ils voulaient que leur fer bût le sang d'un carnage,
Ou bien, un grand effet pour moi de cet amour
Qu'avec de beaux joujoux je paie de retour.
Elle a fait guerre à mort aux enfans qu'une mère
Protégeait de son sein, sans épargner le père ;
Et Jubeaud * commandait dans un tambour bien clos,
Comme Éole, soufflant sa fureur au héros.

Un instant cependant, je fis battre en retraite.
Ne crois pas que ce fut pour cause de défaite,
Ni quelque faux-fuyant pris par mes mirlitons ;
C'étaient trente mutins, tous, du feu sur leurs fronts,
Tous frères, se battant comme ces fiers démons
Qui du fond de leur antre, à travers les ténèbres,
Agités de fureur et de vapeurs funèbres,

* Général chinois et d'une grande bravoure.

S'échapant en hurlant, et par d'heureux efforts,
D'instrumens infernaux employant les ressorts,
S'acharnent à percer du noir séjour la voûte,
Pour de leurs doigts crochus que l'église redoute,
Venir prendre d'assaut les ames des mortels
Que la grâce divine emmène aux saints autels.

Ces mutins, ces pandours, qu'aucun péril n'arrête
Lorsqu'il combat pour vaincre ; et qui sans baïonnette
De tous mes bataillons mordant les larges flancs,
Se ruaient trop sur nous ; je fis serrer les rangs,
Pour faire encor briller mon illustre oriflamme ;
Mais le fiel, goutte à goutte, enveloppait mon ame !
Et mon fils à genoux, le front pâle, incliné,
Récitait le *Salvum* comme un déterminé.
Mes aides récitaient entre eux la *litanie*
De Saint-Denis, jadis, homme d'un grand génie,
Et leurs cœurs n'augmentant jamais d'un moindre cran,
Et tic et toc et tac, battaient comme un cadran.

## LETTRE HUITIÈME.

—◆⧫❀⧫◇—

8 Juin.

# LE PARC.

Près d'un bloc de granit par les siècles durci,
J'étais assis hier accablé de souci;
Sur la terre, la nuit avait tendu ses voiles,
Partout, rien que du noir, point d'azur, point d'étoiles,
Là, Tyrma, maudissant les destins rigoureux
Dont les coups entravaient mes pas audacieux;

Mon œil, dont le regard n'est point celui du sage,
Cherchait de l'avenir à percer le nuage ;
Ou bien à découvrir dans les plaines du ciel
Quelque signe annonçant pour moi des jours sans fiel :
Mais je pensais surtout à ma haute puissance,
A ceux qui la troublaient en vain dans leur démence :
Car l'astre des combats tout le jour avait lui,
Dardant le feu brûlant qui veille autour de lui ;
Et mon cœur s'abreuvait de vengeance et de haîne.

Les zéphirs dans les airs retenaient leur haleine,
Rien ne troublait alors de cette sombre nuit
Le calme plein d'horreur, lorsqu'un étrange bruit,
Doux, sensible et léger, comme un battement d'ailes,
Parsemant l'ombre autour de vives étincelles,
Soudain se fit entendre au sommet du granit :
Était-ce la déesse *, un ange, ou quelque esprit
Du ténébreux séjour qui, soulevant sa pierre,
Voulait encor planer au champ de la lumière ?
J'en fus saisi d'effroi, tremblant et l'œil hagard,
N'osant sur aucun point traîner un seul regard ;
Ma respiration dans mon sein inégale,
En des soupirs plaintifs sortait par intervalle,
Il me semblait déjà voir Pluton tout fumant,
Vers moi guider ses pas, du poing me menaçant.
J'allais fuir, quand d'en haut une voix solennelle
M'atterra par ces mots : — Meurs ! meurs ! s'écria-t-elle.
Car tu n'es qu'un parjure !... Et je vis un cercueil !...
Et transpirant la peur, je sentis un linceul.....

* La Liberté.

M'envelopper.... En moi, plus de sang, plus de vie ;
J'étais parmi des morts et l'âme refroidie.

De l'ombre, après ne sais comment je suis sorti ;
Alors de cris plaintifs l'air avait retenti.

Oh ! contre les forfaits que mon cœur se retranche,
Qu'il soit sans tache et pur, comme la reine Blanche !

# LETTRE NEUVIÈME.

─◦─❧❀❧─◦─

9 Juin.

# PRISE DE LA REDOUTE DE Sᵗ-LEMI.

Soldats ! il faut combattre, allons plus de retraite ;
Évitez-moi sans honte une triste défaite ;
Mars, Bellone et la Gloire ont dit qu'ils étaient prêts,
Dans leurs chants immortels, à prôner vos succès ;
Ou sur vous à semer d'indulgences pleinières,
Au cas que les mutins vous taillant des croupières,

8

L'ange.... * voulût encore au milieu des combats
Arrêter votre ardeur ; mais ne leur cédez pas.
L'enfer qui vous protége, en sa sainte colère,
Vous le défend ; allons ! plus de pas en arrière !
Car c'est trop reculer ; par vos bras irrités,
Nourrissez ma fureur contre ces entêtés ;
Plus de coups de fusil ; croisez vos baïonnettes.

Illustres chefs, de sang teignez aussi vos brettes.
Je veux que la victoire accompagne ce jour ;
Que tous, d'accord, et tels que l'avide vautour,
Vous vous rassasiez.... déchirant leurs entrailles.
( Oh ! comme Dieu rira de ces grandes ripailles ! )
Ainsi vengeant l'affront sanglant d'hier matin,
Soldats ! vous fixerez les rigueurs du destin.

Et vous, pertubateurs, la carrière est ouverte ;
Tremblez ! car le soleil, témoin de votre perte,
Ne luit point aujourd'hui pour éclairer vos pas ;
Par mes coups engloutis dans la nuit du trépas,
Je vous verrai gisant, sous vos bancs, sous vos pierres,
Fier que le Tout-Puissant exauce mes prières ;
Alors, débarrassé d'un si pesant fardeau,
L'honneur pur brillera sur mon royal bandeau.

Je pars, soldats ! à vous, je lègue mon tonnerre ;
Que ses feux bien pointés fasse trembler la terre ;
Mais ressouvenez-vous quel prince vous servez,
Et pensez aux lauriers qui vous sont réservés ;

* La déesse de la Liberté.

Déjà, dans vos regards le courage étincelle ;
Vous brûlez de voler où l'honneur vous appelle !

Allez !.... A ce signal retentit le clairon ;
La foudre a répondu par cent coups de canon ;
L'obus trace sa courbe, et, dans son vol rapide,
Manquant le point visé par un œil trop timide,
Tombe en éclats et mord le parvis du Saint lieu.
Partout le ciel se couvre et de fer et de feu
Pour, d'un coup, écraser la redoute immortelle.
Mais là, sont des héros..... cette troupe rebelle,
Combattant pour leurs droits conquis par tant de sang.
En vain, au milieu d'eux, la mort veut prendre rang ;
Le soleil des grands jours.... pour eux encor rayonne !
Tous, le cœur pur, serrés en petite colonne,
Sur les soldats leurs yeux lançant de vifs éclairs,
Ils chargent, et leur choc fend la voûte des airs.
Au fracas meurtrier se joint le bruit terrible
Des feux de peloton ; la mêlée est horrible ;
Pékin est ébranlé dans ses vieux fondements.
Pressés de toute part dans leurs retranchements,
Intrépides et grands au milieu du carnage,
Les mutins dans le feu retrempent leur courage
Et sèment de nouveau la terreur et la mort.
De nouveau repoussés, ils font un digne effort
Qu'applaudit la déesse, et la fière Bellone,
Jalouse de sa sœur, d'épouvante frissonne.
Pour la première fois en voyant ces Brutus
Tout prêts à foudroyer ses soldats abattus.
C'est en vain qu'elle veut que la lutte orageuse
Tienne sur eux encor la victoire douteuse ;

Mais le dieu des combats doit bientôt la fixer,
La fortune à sa voix ne saurait balancer;
Une charge à l'instant terrible et meurtrière
Encor aux assaillans fait mordre la poussière.


L'art à beau des soldats seconder le courroux,
Leurs épais bataillons s'écroulent sous leurs coups.
Tel sur le haut des monts un ouragan terrible
Renverse en mugissant ce peuplier flexible,
Ou ce chêne orgueilleux, ornement des forêts,
Dans leur chute écrasant l'épi sur les guérets.


Les pelotons rompus se jettent en arrière,
Un renfort des plus prompts leur devient nécessaire;
Pourtant trente contre un les soldats combattaient,
Hélas! plus courageux, les mutins les frottaient,
Et la victoire était, Tyrma, très indécise
Quand soudain, des héros à la taille bien prise,
Se carrant à leur tête un beau tambour-major,
Arrivent en criant d'un unanime accord;
— Nous sommes les banlieux, à la mine bien faite
L'illustre et digne appui de la branche cadette.
Nous venons vous aider, tous, le cœur très dispos
A vaincre ces mutins troublant notre repos,
Qu'on nous commande! au son des tambours, des trompettes,
Amis, tout comme vous croisant nos baïonnettes,
Plein d'un rare courroux, vous nous verrez bientôt
Sur leurs retranchemens nous lancer à l'assaut.
— Bravo! vive la garde!.... — Enfin, dans leur colère
Et d'un pas que Bacchus a rendu téméraire,

Ils marchent ; les mutins sans leurs souffler un mot,
Toujours prêts au combat s'élancent aussitôt.
— Holà ! mutins, tout beau ! « De vos lourds cimeterres
« Ne raclez pas si fort nos énormes derrières ;
« Mesurez-nous plutôt de nos dos la largeur.
« Oh ! là, là, les coquins ! ouf !... par notre valeur
« Nous briserons bientôt vos mâchoires funestes ;
« Daignez, en attendant, ne pas tacher nos vestes.
— Et puis, se débandant comme un pauvre troupeau,
Ces citoyens surpris d'un combat si nouveau,
Aux claques des mutins cherchant à se soustraire,
Fuyaient très mécontens, regardant en arrière....
Pour se mettre à l'abri dans d'autres lieux, fort loin,
Braves gens, de courir il n'était pas besoin,
Car pour tomber sur sur eux, les mutins en colère,
De faire quelques pas ne s'empressèrent guère ;
Et pourtant quelques-uns au combat acharnés
Avalaient la poussière, étendus, échinés.

Instruit de ce dégât, Jubeaud *, le grand Alcide.
Se présente plus fier, mais la mine livide ;
Il rallie l'armée, et dans un beau discours
Recommande aux soldats d'écraser les pandours :
« Serrez vos rangs, dit-il ; qu'au signal de ma brette,
« A tenter l'escalade encor chacun s'apprête.
« Il n'appartient qu'à vous de forcer le destin
« A s'abattre sur vous dans son vol incertain. »
S'ébranlant à sa voix, la phalange guerrière
Par bataillons serrés, escortés du tonnerre,

* Général chinois.

Sur la faible redoute avance en tremblottant ;
Parmis ses défenseurs la mort vole à l'instant.
Le salpêtre en fureur semant sur eux sa rage,
Aux timides soldats ouvre un large passage.

En vain , ces fiers mutins tels que les dieux Titans,
Osent combattre encor la flamme des volcans ;
Couverts de feu, de sang, les bronzes implacables
Leur grondent un adieu de leurs flancs redoutables ;
Et la redoute est prise, et défiant le sort,
Les mutins en Brutus reçoivent tous la mort !

# LETTRE DIXIÈME.

⁓⚜⁓

10 Juin.

# LE RÉVEIL.

Je me réveille aux fiers accens
De ma bonne ville animée,
Aux chants joyeux de mon armée,
Au bruit de cent canons ronflans,
Qui se mêlent aux cris perçans
Des filles de la renommée ;

Fendant l'air comme des esprits,
Pour vite aller dans tous pays
Bien trompetter en cœur la gloire
( Dont longtemps parlera l'histoire )
Que j'acquis hier dans Pékin,
Au tin tan des cloches funèbres,
Du ciel dissipant les ténèbres.


Oh ! quel bonheur ! comme Mand....
Mon nom roulant au bout du monde ,
Couvert de gloire et sans soucis,
Écrasant du plus grand mépris
Cette déesse vagabonde,
( Qui courtise si bien les rois )
De sa noble et bruyante voix ;
Et trépignant aux pieds l'envie,
De mener bonne heureuse vie ;
Surtout, chéri du dieu des vents,
D'être vainqueur du mauvais temps ;
Puis, lorgné de l'Europe entière
Comme l'astre qui nous éclaire,
De voir mes exploits enchassés
Au Panthéon et bien classés ;
Et mon grand coq sur le tonnerre
A son gré mitrailler la terre.


Mais hélas ! ensuite, à genoux
Filant très fin, filant très doux,
D'être contraint dans ma colère,
De supplier au ciel, mon père,
De m'assurer contre un confrère,

Le grand Mogol de saint Peter....
Pays très chaud même en hiver ;
Qui me défend d'un ton sévère
De sortir de mon grand palais :
Voulant m'y tenir à l'engrais,
Étant trop maigre et rien qui vaille ;
Craignant à tort un jour que j'aille
(Chez lui l'attaquant à revers)
De ses sujets briser les fers ;
Et me rendant maître du monde
L'enchasser et boire à la ronde.
Car aussi l'on connaît la peur
Qu'il eut de subir la rigueur
De ces trois jours où dame aurore,
Du haut d'un trône tricolore,
Sur Pékin versa sa fureur.

Oh ! qu'il soit sans peur de ma gloire ;
Car jamais au loin le canon
N'illustrera ma pauvre histoire ;
Je craindrais trop au noir Pluton
D'aller là-bas montrer ma Poir.....
D'ailleurs, l'on voit très clairement
Qu'il est bon que je me conserve ;
Que je ne puis en ce moment
Exposer mon sceptre éclatant
Qu'à mon filleul le ciel réserve.
Et puis, à franchement parler,
Mon cœur toujours prêt à brûler,
Trop plein d'amour pour ma patrie,
A mon budget très fort tenant

Comme un fer s'attache à l'aimant
A bien vivre crève d'envie.

Enfin, Tyrma, vainqueur, par la grâce de Dieu,
Oh ! je me souviendrai longtemps de ce saint lieu.

# LE

# PORTRAIT D'UN HOMME EN PLACE

ou

## LES SOUVENIRS DE SON ENFANCE.

# LE PORTRAIT

# D'UN HOMME EN PLACE,

ou

## Les Souvenirs de son Enfance.

---

## AVANT-PROPOS.

---

Rome, ce 19 Septembre 1839.

Huit années nous ont fui, mon cher Ermir, depuis ce jour si mémorable où j'appris par les cent voix de la renommée que ton brave papa t'avait fait obtenir, à Paris, malgré ton extrême jeunesse, cet emploi brillant d'où ton vieux cousin Darle se fit dit-on expulser par sa mauvaise conduite; cette nouvelle fit ici dans ta famille la plus grande sensation; et moi, surprise au dernier point, et fatiguée de me creuser en vain nuit et jour le cerveau pour approfondir la cause de tant de bonheur, j'ai pris le parti de t'écrire, convaincue d'avance que tu serais assez complaisant pour me dire, dans un mot de réponse, comment tu fis à cette époque pour te rendre digne d'une si grande faveur, toi qui n'étais qu'un enfant désobéissant, paresseux, et on ne peut plus débauché; les uns disent ici, que tu ne dois ce coup de fortune qu'à de noirs complots que tu tramais adroitement dans l'ombre contre ton grand cousin pour le faire expulser de sa place et le remplacer après; d'autres, au contraire, que ton air riant, bon, plein de franchise, ayant beaucoup plu aux gens les plus honorables de ton pays, ils s'étaient coalisés pour seconder de tout leur pouvoir tes projets, et faire publier par tout Paris que tu étais un enfant prédestiné, un nouveau Messie qu'on attendait depuis long-temps.

Dernièrement, chez madame la comtesse Dariola, il y eut une altercation fort vive à ton sujet. Après avoir discuté pendant quelque temps les récits que depuis huit ans on fait sur ton compte, toute l'assemblée s'accorda à dire que tu étais indigne du poste élevé où l'on t'avait placé; qu'une fois arrivé là, tu avais trompé tout le monde; que ton pauvre papa, même, n'était décédé que par suite des profonds chagrins occasionnés par ton ingratitude.

Enfin, ne sachant à quel récit ajouter foi, veuille, je t'en supplie, ne pas manquer, aussitôt la présente reçue, de m'écrire la vérité. Si ta conduite a été telle qu'on le dit, et s'il est en effet bien réel que l'honneur n'aie point encore effleuré ton ame.

Que je désirerais, mon ami, pouvoir abandonner au plus grand mépris ces discours pleins de fiel, et toutes ces accusations terribles qui s'élèvent contre toi. Mais, hélas ! — *qui a bu boira*. Je crois que tu es, que tu fus, et que tu seras toujours incorrigible ; tu ne saurais croire combien j'en éprouve de la tristesse. Pour la dissiper un moment, oblige-moi, dans ta réponse, de rappeler ces temps heureux où nous coulions nos jours dans les jeux innocens ; de me raconter surtout toutes tes espiégleries, et les tours si drôles que tu jouais à ton grand cousin, et qui me faisaient tant rire.

Tu me ferais bien plaisir si tu pouvais m'envoyer aussi un portrait de ta personne : tu dois être devenu bien grand, bien formé ; plusieurs Parisiens ont dit ici que ta figure était des plus gracieuses et ton maintien celui d'un empereur romain.

Ta tante, la marquise de Zizigola, que je vois souvent, et qui brûle du désir de te connaître, voudrait bien que tu joigne au portrait de ta personne, celui de ton caractère ; n'oublie pas surtout, je te le recommande, de répondre fidèlement à toutes ces demandes.

Adieu, mon cher Ermir, fais tes efforts pour te maintenir dans ce bonheur si parfait, et te corriger de tes vilains défauts; Paris pourrait bien se fatiguer de te prodiguer ses faveurs.

« Car tu sais qu'en ces lieux la fortune nous joue,
« Qu'on y tombe souvent du plus haut de sa roue. »

Tout à toi pour la vie,

ZORA, Baronne de...

La réponse à cette lettre m'a fourni le sujet de ce poëme que j'ai divisé en douze chapitres;

Dans le premier, Ermir fait la description d'un castel bien célèbre où il reçut le jour, et où il passa une partie de son enfance accompagnée sans cesse (écrit-il à son amie) de plaisirs bruyans qu'excitaient en lui de coupables désirs.

Dans le second, commence le récit de ses expiégleries et de son caractère; on y remarque surtout le tour bien drôle qu'il joua à un grand personnage..... dont il avait capté la confiance et l'amitié, et envers lequel il montre aujourd'hui la plus noire ingratitude.

Mais c'est dans le troisième où l'on voit se développer en lui la plus grande ruse qu'il employa si à propos pour tromper ce pauvre cousin Darle, qui fut si bon pour lui. — « Pau- « vre Darle! tu ne t'attendais pas que cet enfant soulèverait « un jour le ciel et la terre pour te faire perdre ta place « dans l'espoir de remplacer. »

Dans le quatrième, Ermir parle à Zora des grandes fêtes
que des jeunes héros firent en l'honneur de son cousin,
où il y prit lui-même tant de part, mais s'entend, bien ca-
ché dans l'ombre ; craignant sans doute le contre-coup de
toutes ces merveilles de l'enthousiasme et du courage qui les
animaient dans leurs jeux et du bouleversement total dont
était ménacée, à cet époque, la nature des choses.... ·

Pétard feux de Bengales et bombes et fusées
Pétillaient, retombaient en ardentes nuées,
Le tonnerre grondait, le ciel était en feux,
Le cousin s'en mêla, c'était à qui mieux mieux ;

il lui avoue qu'il en eût tant de frayeur, qu'il se vit contraint
d'abandonner le toit paternel, et d'aller se fourrer dans les
bois de son domaine d'où de suite fut le dénicher son papa
pour le reconduire à Paris, sous des auspices alors malheu-
reusement pour lui trop heureux.

Dans le cinquième chapitre, il y est grandement question
de cet hôtel..... dont parle tant l'histoire, où son papa le pré-
senta à ses illustres amis, et en présence desquels il lui fit
les plus grands reproches de sa conduite passée; des sermens
qu'il lui fit jurer de vivre d'orénavant en enfant vertueux,
qu'il jura en effet, mais en riant bien sous cape comme un
petit rusé qu'il était.

Dans le sixième, son grand cousin indigné cependant au
dernier point de sa vie vagabonde et de sa désobéissance,
l'envoie chercher à cet hôtel... pour le corriger sévèrerement,
mais il est aussitôt désarmé par l'air contrit et câlin du petit
effronté.

Dans le septième, ce pauvre Darle est enfin convaincu qu'il

est réellement trompé, il se meurt de désespoir de se voir expulsé de sa place.

Dans le huitième, Ermir est arrivé à son but, il est nommé pour remplacer son cousin à la pluralité d'une voix contre cent; il était à cette époque encore si jeune et si turbulent qu'il passait la plupart de son temps à charbonner partout des pantins; tantôt c'était sur les registres de son bureau, et tantôt sur la surface polie de ces vieux parchemins qu'il exhumait de la poussière où les avaient enfoui l'orgueil de la féodalité : ce qui ne contentait pas trop son grand-papa.

Dans le neuvième, il est devenu très raisonnable, bien formé; mais une terreur panique, qui s'est emparée de lui, le force pour la dissiper de s'adonner à la philosophie, dans l'espoir d'y devenir assez savant pour pouvoir un jour en pénétrer les causes dans les plaines du ciel.

Vient ensuite le dixième, où il parle de la gloire qui brille sur son front, et du bonheur qu'il éprouve lorsqu'à son bureau il s'amuse à faire valeter tous ses employés subalternes, ou dans sa chambre richement lambrissée, de se voir assis sur son grand fauteuil, mijautant bien son corps... et de la tête aux pieds en caressant chaque membre...

Celui où il éprouve des contrariétés, et enfin le dernier, où il fait à Zora le portrait de sa personne.

Dans toutes ces scènes dont le souvenir ne s'effacera jamais, le papa d'Ermir, cet homme si connu d'un pôle à l'autre par sa manière de vivre sans façon, joua le rôle le plus noble.

— Illustre papa! à ta voix le sort devint propice à ton fils chéri; tu vainquis tous les préjugés; tu gagnas tous les cœurs, et fier de ton triomphe, tu poussas la complaisance dans ton amour paternel jusqu'à lui donner la main pour diriger ses pas vers...

... Tu devins victime de son ingratitude..., mais, dors..., dors en paix; dans tous les siècles des siècles les rayons de ta gloire perceront ton ombre pour briller de l'éclat le plus pur!

— Encore des vers! et toujours des vers! clabaudera le public si peu indulgent, en lisant ce poème que j'ai l'honneur de lui dédier. Eh bien! oui, des vers, des rimes, des mots mal entassés les uns sur les autres, comme il jugera à propos de les nommer. Si prenant la peine de les éplucher il les trouve bons, tant mieux! s'il les trouve mauvais, tant pis! je n'en dormirai pas moins, ne m'étant jamais venu dans l'idée de me croire poète.

Peut-être dira-t-il que je ne suis qu'un sot,
De vouloir rimailler ne sachant pas un mot
Des principes des vers et de leur harmonie;
Que c'est trop m'exposer dans mon pauvre génie.
Qu'importe, impatient, et toujours résolu
De rimer bien ou mal, d'un style décousu
Je vais laisser aller d'une aile faible ou forte
Mon esprit et ma plume où le vent les emporte.

# LE CASTEL.

Tu veux absolument savoir ce qui se passe....
Et comment à Paris j'attrapai cette place,....
N'étant qu'un enfant vil, insoumis, débauché,
D'un cœur pétri de fiel et plus noir qu'un péché ;
Savoir les vilains tours qu'avec tant d'impudence,
Dans l'ombre, je jouais aux hommes d'importance....

Ce que je fais de bon ; si je suis sans souci ,
Et des Parisiens ce que je pense aussi ;
Si d'eux je suis aimé, s'ils aiment la nature.
Surtout ce que l'on dit de moi, de ma figure.
De tout cela tu veux un fidèle portrait ,
Que je mette ma gloire à le rendre parfait;
Eh bien ! belle Zora, je vais te satisfaire,
Désirant en tout point t'obéir et te plaire ;
Mais hélas ! de Lacroix je n'ai point le talent ,
Ce peintre si chéri dont le pinceau brûlant
Enfante en se jouant des sujets et des causes
Dans l'empire de l'art mille métamorphoses.
Te souvien-t-il, Zora, de ce noble castel,
OEuvre d'un saint prélat au cœur pétri de fiel ?
De son vaste jardin, de ses brillans passages,
Où du matin au soir les sots, les hommes sages,
L'artiste, le courtier, le savant, le censeur,
Le prêteur sur gros gage et le spéculateur,
Quelquefois ces marquis à la figure blème,
Tous zélés partisans de quelque beau système,
Viennent respirer l'air, le cœur dispos, content,
Le fin lorgnon en main, le nez toujours au vent,
Pour admirer les fleurs, la belle symétrie
De tous ces grands carrés, verdoyans, plein de vie.

Où le sommet mouvant d'un limpide jet d'eau
Offre à l'œil étonné l'aspect d'un lys très beau,
Que le passant contemple en faisant la grimace,
Sans doute, désirant admirer à sa place
Un coq aux ailes d'or caressant un renard....
Tableau qui, je le crois, flatterait le regard

De quelques-uns d'entre eux toujours fort en colère
De n'être point assis au banc d'un ministère.
Poste charmant, où, là, vivant en bons chrétiens,
Bravement Thiers, Guizot, firent don de leurs biens
Par civisme tout pur ; gens plein d'intelligence,
Ne touchant au budget qu'avec répugnance,
Pour être mieux placés au royaume des cieux ;
Et pour qui rien n'est bon, d'agréable à leurs yeux,
Que tout ce qui leur peint notre illustre Saint-Père,
Perché sur un poirier rayonnant de lumière,
Prêchant à ses sujets, peuple sans foi ni lois,
L'ordre, l'humilité, le saint amour des rois.


Où l'on remarque aussi chez Chevet et Lepage,
De mille plats divers l'orgueilleux étalage
De ces nobles perdreaux, dont le goût si parfait
D'aise fait tressaillir le palais d'un préfet ;
Les levreaux, les faisans, les poulardes aux truffes,
Y sont très recherchés par nos puissans tartuffes,
Surtout par les seigneurs, ces grands hommes d'esprit
Dont l'aimable public supporte l'appétit ;
Pauvres gens ! publiant qu'ils sont dans la misère
Qu'eux seuls manquent d'argent, tandis que tout prospère.


Là, d'autres chevaliers, pour plaire à leur prochain
Y discutent les lois de l'illustre Mandrin ;
Puis mettant à profit son principe suprême,
Pour tromper les marchands usant de stratagème,
Se disant tantôt ducs et tantôt officiers,
Aujourd'hui sous-préfets et demain financiers,

Tirent leur revenu de la race courtière * ....
De cette classe enfin, qui bien que roturière,
Les passent en génie à tirer de l'argent
Qu'ils pipent — rendent-ils ? — jamais ou rarement ;
Et donnent quelquefois leur noble signature
En l'aidant d'un faux nom chargé d'une rature.

La plupart de ces gens déjeûnent humblement,
Ou bien dinent à l'œil économiquement,
Et furieux parfois de manquer au passage
L'offre d'un bœuf au choux ou d'un triste potage,
S'en vont d'un pas léger, l'estomac oppressé,
Prôner dans tout Paris que tout est renversé.
Grands liseurs de journaux, critiqueurs d'ordonnance,
Rien n'est bon, disent-ils, excepté leur pitance,
Lorsqu'un cas fortuit la leur met sous le nez,
Çà s'entend, autrement il faut, vous comprenez,
Dans quelqu'état pressant courir à la pipée
Du petit pain d'un sou pris dans la ripopée,
Ou sinon savourer avec un cure-dent
Le verre d'eau tout pur, mets sain, très succulent ;
Ce moyen des plus clairs, fortifiant leur vue ,
Ils abattent à l'œil avec de la ciguë,
De malheureux pierrots qu'ils font frire ou bouillir
Et vous lisent tout net dans le ciel l'avenir.

Jadis, parmi ces gens, vivait un homme sage,

* Génie à l'affût de tout..., ne vivant, comme ceux qu'ils servent, que d'intrigue et de *compitamus rem publicam.*

Aimant Dieu, son prochain, dont le riant visage
Plaisait à tout le monde; il vivait sans façon,
Partout dans le pays on bénissait son nom ;
Mais il n'est plus chrétien, et dans sa foi violée,
Il vit comme un Judas au loin, en Galilée,
En maître bûcheron, cultivant un laurier ;
Aidé de son cher fils, le vaillant chevalier,
Les recors, les sergents, forment sa noble escorte,
Tant on y craint qu'un jour le diable ne l'emporte
Avant qu'il n'ait charmé son gosier de ce fruit,
Dont il est très gourmet, tant le goût le séduit.
Eh bien, dans ce castel par des songes bercée,
Mon enfance, Zora, s'est doucement passée,
Sans cesse abandonnée à des bruyans plaisirs
Que toujours excitaient des coupables désirs.
Je vais les rappeler, car j'ai bonne mémoire,
Ces jeux naïfs qu'un jour célébrera l'histoire ;
Qui firent au cousin danser un rigaudon.
Pour bien faire il faudrait invoquer Apollon,*
Cet homme là connaît tous les plus courts passages
Par où de l'Institut les savans bavardages
Grimpent rapidement sur le mont Hélicon ;
Car l'on dit que ce dieu flattant l'intention
De ces grands professeurs, pour eux devient parjure,
Lorsqu'ils mettent au jour une pauvre brochure ;
Mais qu'aux rimeurs du mont il refuse l'abord,
S'ils ne sont point munis d'un brillant passeport ;

---

* Dans ce passage, Ermir s'amuse à tourner en ridicule nos grands
poètes.

Qu'aux étameurs de vers, ces parleurs en cadence,
Esprits mordans, profonds, gens de belle apparence.
Grands romanciers aussi, portant très haut le front
Pour que l'on dise d'eux : ce sont eux qui les font ;
De compiler des mots ayant tous la manie,
En dépit du bon sens et surtout du génie ;
Pleins d'orgueil, et toujours une main sur les yeux,
Épiant ce qu'on dit et si l'on parle d'eux ;
De ces beaux gaspilleurs, c'est de l'or qu'il exige
Lorsqu'ils poussent là-haut leurs rimes en litige ;
Au surplus, que ce n'est qu'à ce prix qu'il transige,
En donnant pour raison qu'un docteur sans argent
Ne peut être en tout temps qu'un sot, qu'un ignorant.

Insensés ! en effet, quand d'une période
D'un roman nouveau-né, d'un poème et.... d'une ode.
Où brille l'art des vers, et dont les doux accens
Des savans connaisseurs charment toujours les sens,
Ils prétendent trouver des fautes dans le style,
Comme on les voit suer et s'échauffer la bile,
Pour effacer un mot douteux au jugement,
Et faire disparaître un point, même un accent.
L'un accourt d'un côté consulter la grammaire,
L'autre, la prosodie et le vocabulaire,
Ainsi tous bien armés, et la science en main,
Sont fermes sur leurs pieds comme un soldat romain.
On veut voir si des vers la rime est brève ou longue,
Surtout si dans la prose, on heurte une diphthongue,
Ou bien si la voyelle à l'autre s'unissant
Ne rend pas à l'oreille un son trop languissant ;
C'est alors que jaloux d'une bâtarde gloire,

Ces sots comme savans veulent s'en faire accroire!
Rimailleurs insolens, qui d'un style piteux,
Fabriquent quelques vers pour que l'on parle d'eux,
Ces auteurs à deux sous d'une nouvelle espèce,
Glorieux d'être issus des muses de Gonesse,
Oubliant qu'aujourd'hui de ces docteurs mignons,
Il en naît à Paris comme des champignons.


Oh! c'est avec raison qu'Apollon les appelle
Parfois, dans son courroux, infâme kirielle!
Que vous ai-je donc fait pour m'insulter ainsi?
Au diable votre prose et vos rimes aussi!


Enfin, à ces auteurs en baragouinages,
Ce dieu demande encor de l'encens des hommages,
Que le son en soit pur, touchant, d'un doux accord;
Que son nom soit chanté sur une lyre d'or,
Me voilà bien planté, comment donc vais-je faire
Sans fonds secrets, toujours dans un état précaire,
Moi qui n'ai jamais fait de ma vie un quatrin,
Et qui ne sais ni grec, ni français, ni latin,
N'étant de l'Institut pas même titulaire.
Eh bien! me dira-t-on, furetez dans Voltaire,
Vous trouverez chez lui le langage des dieux,
Des vers sans hiatus, le style gracieux;
Boileau peut vous fournir cet esprit pointilleux,
Qu'il trouva dans Horace et dans la calomnie:
C'est là que la plupart vont puiser leur génie,
(Mais c'est, vous m'entendez, seulement par manie).
Non, j'aime mieux tout seul voir si dans mes pensers

Je ne trouverai point la cadence des vers,
Peut-être que ce dieu devenant moins sévère,
Me voyant l'air piteux, riant de ma misère,
Acceptera le don d'un tout petit sonnet....
— Bien rimé ? — Non, mais franc du moins, s'il n'est parfait
Alors plus indulgent et pour moi plus propice
M'écrira pour entrer de suite à son service,
Bien accueilli là haut, de ce coursier fougueux,
Pégase, l'érudit, qui par l'ordre des dieux,
Fait la garde du mont d'où ses brillantes ailes
Font pleuvoir sur Hugo des rimes immortelles ;
Mais ne nous lassons pas, et tout en attendant,
Informons-nous partout, demandons au passant
S'il ne connaîtrait pas encore un philosophe
Toiseur d'accens aigus, regratteur d'apostrophe,
Qui pût nous indiquer un tout petit endroit,
D'où nous pourrions de suite escalader tout droit,
Sur ces lieux tant vantés qu'on nomme aussi Parnasse,
Où de Scribe l'on voit les tours de passe-passe.
Je n'entends point parler du Parnasse d'ici,
Ce pays trop connu des savans sans souci ;
J'entends parler, lecteur, de la docte vallée,
Hélas ! où je voudrais promener ma pensée ;
Peut-être, direz-vous que je ne suis qu'un sot
De vouloir rimailler ne sachant pas un mot
Des principes des vers et de leur harmonie ;
Que c'est trop m'exposer dans mon pauvre génie.
N'importe, impatient et toujours résolu
De rimer bien ou mal, d'un style décousu
Je vais laisser aller d'une aile faible ou forte
Mon esprit et ma plume où le vent les emporte.

# L'INNOCENCE.

Je vais donc rappeler, Zora, cet heureux temps
Où je coulais des jours dans les jeux innocens,
Te parler sans détour de mon beau caractère :
Fourbe, orgueilleux, jaloux, paresseux, volontaire,
Etaient mes seuls défauts; mais j'étais bien méchant,
Eh bien! le monde ici me trouvait l'air touchant,
Grave, doux à la fois, une tête mignonne,

Digne un jour de porter une belle couronne\*,
Que du coin d'un œil fin je visais dans mes jeux ;
( Hélas ! pour l'obtenir faisais-je alors des vœux).
J'étais un vrai lutin, enfin un petit gueux,
N'ayant autour de moi que des gens à ma guise,
Qui toujours sans le sou, bien souvent sans chemise,
Se vendaient à vil prix pour seconder les coups
Que je frappais très fort, mais toujours en dessous.
On avait beau crier, me tirer les oreilles,
Mon esprit vagabond enfantait des merveilles.

Il fut un beau moment, où tenant à l'honneur,
Je cherchais l'homme sage et fuyais l'imposteur ;
Alors aimé, béni, j'étais sans artifice,
Le ciel me souriait, je marchais loin du vice,
Un lucre quel qu'il fût, ne me tentait jamais,
Et je n'étais content qu'en semant des bienfaits ;
Toujours simple, oubliant jusqu'à mon origine,
Que les sots aujourd'hui passent par l'étamine ;
Mais il m'a fui, heureux qui ne veut rien tenter !
Qui peut seul, sans désir, de peu se contenter ;
D'un regard de dédain il voit une couronne,
Il rit de ces valets à genoux près d'un trône.

Enfin, pendant ces jours qu'accompagnaient les ris,
Je ne fus un seul jour à mes parens soumis,
Aussi je leur donnais bien des cruels soucis.
Au grand manoir, jamais je n'écoutais mon maître \*\*,

\* Couronne de laurier que l'on donne aux élèves à la distribution des prix
et que je convoitais avec ardeur, bien que mon peu d'assiduité aux études m'en
rendît indigne.

\*\* Je nomme ici Dalle mon maître parce que, Zoïa, tu dois te rappeler

Quand il disait je veux, je disais je veux être !
Alors il se taisait et très dévotement
Me traitait d'étourdi, d'impie et de gourmand.
Mais lorsque pour motif nous étions en famille,
Que là tous réunis, échauffé en bisbille,
De ma conduite infâme, il me réprimandait.
Devenais-je flatteur ! (aussi doux qu'un minet)
Je lui jurais cent fois d'être docile et sage,
De n'avoir de son nom que la gloire en partage.
Il riait, s'appaisait, puis je baisais sa main,
Et je sautais au cou de ce pauvre cousin *,
Ah ! riais-je, bon Dieu, de sa figure étique,
Qu'alors j'aurais trouvé bien au bout d'une pique.
C'était, je te l'avoue un tableau fort plaisant
A voir ce cher cousin; était-il bon enfant !
Tout ce qu'il me prônait m'entrait par une oreille
Et par l'autre sortait; tout allait à merveille.


Sous cape, j'agissais ou je faisais agir,
Pierre et Paul, Jacq et Jean, ne faisant que courir;
Surtout ce pauvre Jacq, il est dans ma pensée;
Entre nous, l'amitié s'est rudement placée;
C'est mon meilleur ami, d'un esprit transcendant,
Je l'ai dit et redit, un garçon très prudent;
Car c'est lui le premier qui prit à la pipée,
Ces grands jours, où l'on fit cette belle équipée,

qu'à cette époque, il s'amusait, à son grand manoir, dans ses loisirs, à me
donner des leçons de diplomatie et de courage, dont j'ai tant profité.

* Darle,

Huit poussins, une poule, un coq plein d'appétit,
Grattant sur un fumier, croyant faire un profit,
Et d'un cœur de Brutus, m'offrit son héritage......
En plaçant sur mon front la couronne de mage....
Dont d'autres comme moi pouvaient se panacher ;
Mais il s'en souviendra, car il le paya cher,.....
En homme sage alors, dont je jouais le rôle,
J'acceptai ce gros lot.... en lui donnant parole,
Qu'il serait remboursé par la banque d'Eole.
Pauvre Jacq, il me crut, il me remit le tout,.....
De son brillant hôtel jusqu'au passe-partout,
Des mains de ce mortel, chéri de tout le monde,
Que pour vanter chacun en paroles abonde,
Je happai... je happai.... foulant aux pieds l'honneur,
A tout prix résolu d'augmenter mon bonheur.
Oui lecteur, qu'on parcoure et la mer et la terre,
Qu'on questionne en tous lieux, ministres, gens de guerre,
Tous répondront gaîment, qu'étant pour moi trop bon,
Je n'aurai jamais dû lui faire un jour faux-bon.
Mais n'importe, content de l'emploi que j'occupe,
Dieu sait, si je m'y carre et comme je m'y huppe.

## REMARQUE.

Les scènes contenues dans ce chapitre ont réellement eu lieu le 25 juillet 1830.

# LA PROPHÉTIE.

Je me souviens, Zora, qu'en promenant un soir,
Dans le vaste jardin du superbe manoir *,
Je rencontrai pensifs le cousin et ses nièces ;
Ce ne fut tout d'abord que baisers et caresses,

* Résidence du grand cousin.

L'une pressait ma main, l'autre pressait mon bras,
—Viens, Ermir, avec nous, et ne nous quittons pas ;
Nous rirons, chanterons, folâtrerons sans cesse,
Tu feras bien sauter la petite duchesse.....
Ensuite nous irons à la fête à Saint-Clous.
Oui, mais le grand cousin viendra-t-il avec vous ? —
—Non, car il doit demain, dans un brillant office,
Pour plaire à ses amis, s'offrir en sacrifice !......
Ainsi, viens, tu verras quel sabbat nous ferons,
Puis à Colin-Maillard aussi tous nous joûrons.
As-tu lu l'Alcoran ? ce qu'y dit le prophète ?
—Non—Eh bien ! il prédit qu'une grande comète,
Doit au ciel détrôner le grand astre du jour ;
J'en tremble quand j'y pense, et que par son contour,
Embrasant de ses feux la France tout entière,
Nous risquions d'être, en peu, tous réduits en poussière,
Ou bien qu'avec fracas tombant sur notre dos,
Nous serions enfoncés berniq...... dans le chaos ;
—Diable, que dites-vous ! bah ! ce n'est pas possible.
—Vrai ! c'est aussi prédit dans la charte et la bible.
—Chez nous, à mon castel, on l'a dit autrement,
C'est sur les imposteurs, les traîtres seulement,
Ces grands... qui pleins d'orgueil, à la face de chouette,
Pensent faire marcher le monde à la baguette,
Que doit tomber la foudre. Eh bien donc ! partons-nous ?
Il ne faut pas surtout oublier vos joujous.
Ce qui fut dit fut fait : aussitôt nous partîmes,
Et Dieu sait quel tapage à ce Saint-Clous... nous fîmes !
Saut par-ci, saut par-là, d'abord tout allait bien,
Pour ma part, ça s'entend, je fus le plus vaurien :
Je furetais partout, je grimpais sur les tables,

Mes cousines chantaient, ou débitaient des fables,
Moi je leur déclamais le conte du renard :
« Ecoutez mon langage, il est franc et sans fard,
« Le soleil par trois fois, fera le tour du monde ;
« Ensuite vous irez au loin voguer sur l'onde ; »
Lors entra le cousin à l'air tout dérouté ;
—Si je ne te vois pas, je t'entends, effronté !
Sors d'ici, tapageur ! est-ce ainsi qu'on déclame !
Parle mieux, ou sinon, je vais t'arracher l'ame
Que Satan en courroux te fit à coups de dents ;
Et dis la vérité, ou sinon.... tu m'entends...
Ainsi donc, qu'as-tu-dit ? quelles sont ces merveilles
Dont les tristes récits ont frappé mes oreilles :
« Tu parlais de contour, embrasant le pays ;
« Qu'en peu nous serions tous enfoncés ou rôtis. »
—Mon cousin, c'est très vrai : mes petites cousines
Le disaient tout à l'heure en me faisant des mines......
Mais c'est bien pis, l'on dit, ce qui me fait trembler,
Que Satan de son doigt viendra vous empaler :
Le hasard voudrait-il que ces bruits vous défrisent ?
Auriez-vous peur qu'un jour les Francs vous dévalisent ?
—Moi ? petit ignorant, que dis-tu là, grand Dieu !
Apprends que je ne crains ni Satan, ni son feu.
Ne crois point ce récit, c'est une fausse histoire
Qu'on invente à plaisir sous ce règne de gloire.
Au surplus, n'ai-je point pour moi le grand Ahlla,
Ou bien le Saint-Esprit avec tous ces gens-là ;
Tu vois, sot étourdi, que je n'ai rien à craindre
De tous ces mécréans qui voudraient me contraindre
De ne plus confesser, de quitter le pays ;
Va, de force j'irai bientôt en paradis !...

Tu ris, je crois, moqueur, tu n'es qu'un indocile,
Tu t'en repentiras ; n'échauffe point ma bile.
Effronté, vagabond, enfant de Lucifer,
Va-t-en! Son œil farouche, ici, me fait trembler. —
—Mais moi, sans avoir peur de son ton irascible,
Je lui parlais encor d'un désastre terrible,
Dont étaient menacés alors les Francs trahis......
Je lui disais : « Bientôt, embarqués sans biscuits,
« Ces héros passeront, mettant tout-en déroute,
« Une mer couleur d'or sans en boire une goutte,
« Marchant tambour battant, toujours mèche allumée,
« Par le feu des combats tous l'âme envenimée,
« Et voilà qu'arrivés dans la terre promise.....
« (Ayant pour chef un fourbe), affamés, sans chemise,
« Ils seront tous forcés, hélas! quoi qu'on leur dise
« Que les perdreaux rôtis tomberont sur leur nez,
« De se manger entre eux sans être assaisonnés. »
Après avoir bien ri de ce vieillard débile,
Que je trompais sous cape, en gamin très habile,
Je m'esquivai, Zora, comme un voleur, sans bruit,
Le cœur bourré de noir, au milieu de la nuit,
Pour vite m'informer dans notre ville sainte,
(Dont dit-on mon aspect souille aujourd'hui l'enceinte),
Si tous les grands forbans instruits de mes complots,
A seconder mes coups étaient toujours dispos ;
Car l'époque approchait où la déesse folle
Qui fait trembler les rois de l'un à l'autre pôle,
Devait pour mon bonheur, certes, sans s'en douter,
S'abattre sur Paris pour y tout culbuter,

# LES FÊTES.

Te souvient-il, Zora, de ces brillantes fêtes,
Que de jeunes mutins, parant de fleurs leurs têtes,
Firent sous un ciel pur en l'honneur du cousin?
A-t-on ri, bien dansé ; quel vacarme! quel train!
Et chanté ce grand air que partout l'on répète ;
Quand l'ange fend les airs suivi d'une tempête

Pour faire ici flotter son brillant gonfalon
Partout, mettant mon nez, j'étais un vrai démon;
Mais en dessous, s'entend, cachant bien mes oreilles,
Craignant le contre-coup de toutes ces merveilles.

D'abord, et pour raison, j'allais au gré des vents,
Fuyant comme un renard à travers prés et champs,
Vers ces bois si vantés de notre beau domaine
Où j'allais me tapir en lapin de garenne,
Certain qu'un sort viendrait pour m'y béatifier,
Quand tout à coup j'entends un homme s'écrier;
Arrête, Ermir, c'est moi, ton papa qui t'appelle.
Où vas-tu? viens, crois-moi, ne sois point infidèle
A mon amour pour toi; viens mon fils, mon bijou;
Pourquoi fuir, et pourquoi te nicher dans ce trou?
Sors de suite! Paris est en remu-ménage,
Il cherche en ce moment partout un enfant sage,
Qui soit soumis, fort, doux, bien gentil, d'un grand air,
Ayant bon pied, bon œil et vif comme l'éclair,
Mais sans orgueil surtout, mon petit, sans finesse,
Pour lui donner de suite un grandissime emploi,
Où bien choyé gratis et logé comme un roi,
A ton gré tu pourras au son de tes paroles,
Faire pleuvoir du ciel des torrents de pistoles;
Ainsi, dépêche-toi, sans quoi, dans ce pays,
L'on te corrigerait comme un fils insoumis.

Allons! allons! Ermir, ne fait point la grimace,
Pour l'obtenir, tu sais, il n'est rien que je fasse;
Tu ne dis mot; je crois que tu fais le têtu;
Ermir, de bien d'écueils j'ai sauvé ta vertu;

Viens, sans aucun retard, où le destin t'appelle !
Et, que sait-on, peut-être une gloire nouvelle
Rendra ton cœur plus pur que la blancheur du lys,
Tu le peux si tu suis aujourd'hui mes avis ;
Craindrais-tu que quelqu'un au cœur pétri d'envie,
Jaloux de ton bonheur, n'escamote ta vie ?
Serait-ce le motif qui te fais différer
D'accepter cette charge où tu peux prospérer ;
Si ce n'est que cela je garantis ta tête ;
Lève tes yeux en haut ; vois-tu cette comète
Passer et repasser dans ce chemin de feu ?
L'ange est là qui te suit, comme l'ombre d'un dieu
Qui veut que parmi nous tu luises comme un signe,
Que ton aspect partout fasse fleurir la vigne ;
Enfin, que des captifs dissipant les rançons,
Tu nous fasses germer d'abondantes moissons ;
Ne crains donc point, Ermir, qu'un tyran dans sa haine,
Pour arrêter tes pas, ne t'attache à sa chaîne ;
Ainsi, viens avec moi ; ne te fais point prier.
— Mais !... — Point de mais : boudeur, pourquoi tartufier ?
Si tu désobéis, sur ma foi, je te jure,
Serment, que je te fais ici, sans imposture,
Beau divertissement, dit-on, d'un roi païen,
Dont du nord au midi personne ne croit rien....
Qui prêche qu'ici bas, dans ce monde frivole,
Son budget trop mesquin ne vaut pas une obole ;
L'homme au langage d'or, ne parlant que du ciel,
Et dont le cœur impur bat dans des flots de miel ;
Que je vais à l'instant, bon ami, faire en sorte
Que le grand Lucifer et toute son escorte
Accourent à ma voix, et d'un zèle trop fort,

Qui les fait sautiller dans ces jours de transport,
T'emportant à l'instant de ce bel hémisphère,
T'aillent précipiter dans la grande chaudière
Qu'entourent les démons de leur branle infernal,
Ce qui pour toi serait un trait peu jovial.

Tu raisonnes, je crois, enfant incorrigible,
Ermir, pour moi, ton cœur serait-il invincible?
Pourquoi prendre ce ton boudeur, insouciant?
Parle! ou, sinon, je vais te maudire à l'instant.
Aurais-tu, par hasard, d'autres sujets de peine?
Ton peu d'égard pour moi cacherait-il la haine?
Dans cet emploi tu peux des rois briser les fers,
Manier les rayons, la foudre, les éclairs;
Devenir, en dormant un héros de la lune;
Enfin, dans peu de jours faire une ample fortune;
Au nom de Dieu, sors-moi de ce triste embarras.
L'on t'attend à Paris; partons, et de ce pas.
Si tu ne me suis point, tous ces enfants du diable
Croiront c'est sûr (soupçon pour moi peu honorable),
Que je romps mes sermens; et l'on pourrait fort bien,
Après avoir soufflé sur ton cœur et le mien,
Pour les pousser en bas.... où descend tout vaurien,
Faire graver nos noms au temple de la Gloire;
Oh! quel malheur, Ermir! et que dirait l'histoire!
Pourrions-nous alors voir la terre s'émailler
Des trois nobles couleurs; et l'astre s'éveiller
Pour poser sur ton front cette sainte auréole
Que des mortels en chœur, soumis à ta parole,
Dans des chants immortels te nommant leur pasteur,
Couvriront de lauriers conquis par leur valeur.

Partons ! Mais laisse ici ton langage burlesque :
Mieux vaut, dans ce temps-ci, qu'il soit franc, soldatesque.
— Mon papa, j'obéis, mettons-nous en chemin :
Là bas, je tâcherai d'appaiser tout ce train.


Je vois dans votre humeur l'objet qui vous enflamme :
Aujourd'hui, le désir qui captive votre ame
D'illustrer le pays, me fait bien préjuger
Qu'à mon aspect divin tout pourra s'arranger.
— C'est bien. mon fils, surtout n'y fait point de lacunes ;
Car alors tu pourrais y gober quelques prunes.
Tu sais, tout comme moi, que dans ce beau pays,
Les hommes y sont bons, très francs, mais étourdis ;
Promet bien de tout cœur d'abolir la censure,
Sinon tu risquerais d'y coucher sur la dure.
En avant ! entends-tu la divine chanson
Que l'on chante la bas !... * si bien à l'unisson ?
Pour conclure, on attend ton heureuse arrivée.
— O mon fils ! de bonheur mon ame est abreuvée !
— Et la mienne, papa, d'un cran s'est élevée :
Mais, dites-moi, voyez de ce côté ces gens
A travers la poussière accourir haletants.
Que veulent-ils de nous ? sont-ils bons ou méchants ?
— Mon Dieu non ! c'est, mon fils, la gent nobilaire,
Ministres, ducs, ces gens se mettent à l'enchère.
Ils ont hâte, vois-tu, de te complimenter.
— Et dites-moi, papa, faudra-t-il leur chanter,
Leur rire au nez, ou bien leur faire une grimace ?
Mieux que moi vous savez ce qu'il faut que je fasse ?

* Paris.

Eh bien ! à ces valets, tu donneras la main,
Mais envers Jacq... et Paul, garde-toi d'être vain
C'est à ceux-là, mon fils, qu'il faut chercher à plaire ;
Ceux-là sont aujourd'hui les chefs du ministère.
— Diable ! que dites-vous ; ont-ils un bon budget ?
D'en tirer des profits ont-ils le grand secret ?
— Oh mon Dieu non ! Ermir, il est dans cette vie
Des cas où l'homme doit, pour servir sa patrie,
Donner son or, son bien, n'avoir aucune envie ;
Puis mourir s'il le faut sans pousser un soupir ;
Surtout, m'entends-tu bien ? ne point ici trahir,
Bien flatter, remercier ce peuple dans la joie,
Et bénir ces héros que le ciel nous envoie.
Prends ton lorgnon ? vois-les maintenant à genoux ;
Ils nous tendent les bras, ils ne cherchent que nous ;
Leurs chants, leurs cris de feu, volent de bouche en bouche.
Jamais, dans leurs serments, tu ne verras du louche.
Ne fais point comme un roi qui, fou dans ses projets,
Osa vouloir un jour enchaîner ses sujets :
Il fut puni. Ce trait est gravé dans l'histoire ;
Tu vois, comme on maudit aujourd'hui sa mémoire.
— Merci, mon bon papa, j'en ferai tout autant.


Zora, qu'aurais-tu fait dans ce cas important ?
Accepter ; mais parler avec plus de franchise,
C'eût été beau, d'accord, mais sans quelque feintise,
Sans prendre de Scapin le masque insouciant
Dont aujourd'hui se pare un grand roi Phlupciant,
Aurais-je pu happer ce superbe héritage
Qui toujours captiva mon cœur dès mon bas âge ?

Or, manquer par ma faute un profit avenant,
C'eût été de ma part un fait bien surprenant ;
Mais enfin, c'est fini, le bon vieux père Iule
Avala de ma main proprement la pilule.


Revenons maintenant à ces jours si brillans
Dont l'histoire, Zora, parlera dans mille ans ;
Car tu fus comme moi témoin de cette fête
Où ce pauvre cousin avait perdu la tête.
De tant d'honneurs rendus à son illustre nom,
Pendant six à sept jours, au son du mirliton.
Et le bouquet ! ô dieux ! était-il tricolore ?
Sur ses fleurs scintillaient les larmes de l'aurore ;
Partout l'on entendait d'un immense concert
Les sons graves monter dans la plaine de l'air ;
Pétards, feux du Bengale, et bombes, et fusées,
Pétillaient, retombaient en ardentes nuées ;
Le tonnerre grondait, le ciel était en feux ;
Le cousin s'en mêla, c'était à qui mieux mieux.
Comme je m'en donnai, dans ces jours d'allégresse !...
J'aimais tant mon cousin... c'était bien par ivresse.....
De son bonheur qu'alors, pendant ces saints transports,
Je contemplais ces jeux, le cœur pur, sans remords.
Ce pauvre Darle ! hélas ! dans ce temps si prospère,
Contre moi que de fois il s'est mis en colère !
Eut-il tort ou raison ?.... était-ce injustement ?....
— Ermir, me disait-il, tu vis comme un caimand,
Toujours seul ; dans ton cœur croupit la noire envie
Dont s'abreuve le fourbe. Oh ! jamais de ta vie
Tu ne seras un brave et loyal chevalier.
Vas, j'entrevois tes tours, petit sot, fin limier.

As-tu donc oublié ce que fut ton grand-père,
Dont le destin punit la langue de vipère?
— Mais par mes beaux discours bien empâtés de fard,
Tantôt doux, tantôt fiers, arrangés avec art,
Je le calmais; alors il parlait de sa peine;
Et moi je lui parlais des lapins de garenne,
De la chasse aux perdreaux, de celle aux sangliers.
— Tuait-il? — Quelquefois quelques pigeons ramiers
Ensuite, en l'élevant au rang du fils d'Alcmène,
Il posait sur mon front un baiser de patène.
Bref, pour en revenir à ces jours de bonheur
Où dans l'ombre mes tours étaient pleins de vigueur,
Tout le monde admirait ma petite tenue;
Excepté mon cousin (c'est chose très connue).
A-t-on aussi crié. — « Dieux! quel superbe enfant!
« Il faut, sans plus tarder, le nommer lieutenant! »
— Et pendant tout le temps de ces illustres fêtes,
Je ne rêvais qu'honneurs, victoires et conquêtes.

# L'HOTEL DE...

Enfin, conviens, Zora, que j'étais bien mutin,
Très insoumis, mon cœur n'apirait que venin.
Ce voyou de Paris, sans souliers, sans chemise,
A l'œil morne, au teint hâve, et qui, quoiqu'on en dise,
En grignotant son pain, ou croquant quelques noix,
Sait bien, lorsqu'un tyran hausse un peu trop la voix,

Dans son repas frugal y mêler de la poudre,
Devenir furieux même au bruit de la foudre,
Est, Zora, crois-le bien, mille fois moins retors,
Mille fois moins pandour que je l'étais alors;
Dans sa crasse, du moins, il est fier et bon drille;
Comme moi rampe-t-il aussi bas qu'un reptile?
Aussi m'a-t-on grondé ce jour où le matin,
Au bruit de cent canons et du gai tambourin,
Sur son trône de feu, la déesse guerrière,
Du pied lançant sur moi ses rayons de lumière,
(Voulant par là, sans doute, annoncer à ces preux
Que le choix qu'ils faisaient était des plus heureux),
Je fus conduit en pompe, escorté d'orgueilleux
Au célèbre balcon de la grande fenêtre
De l'hôtel..... où, tu sais, je fis des tours de maître.
Papa, d'un ton boudeur, m'y dit, voyant paraître
Une foule de gens tous à l'air effronté,
Chantant vaincre ou mourir,—Vive la liberté.
—O mon fils, je me fais un terrible scrupule
De faire à ces héros avaler la pilule;
Je vois que de leurs lois tu ne sais pas un mot,
Qu'en tête tu n'as rien que le jeu de tripot.
Par le vice ton âme est encore séduite;
Il faut changer de mœurs, si tu veux par la suite
Etre un homme de bien, et des gens vertueux
Te faire respecter, te rendre digne d'eux;
Mais, je vais de ton corps expulser la furie
Qui te pousse sans cesse à la gredinerie;
Tu vas dès aujourd'hui prendre un noble métier,
Où sur de beaux budgets, assis près d'un poirier,
Tu pourras bien chanter, mener joyeuse vie

Et te rassasier du poison de l'envie.
De l'ordre de Judas obtenir le collier,
C'est bien mieux, devenir un puissant flibustier.
—Ensuite me montrant la foule effarouchée,
De ces grands, par l'appât des honneurs alléchée,
—Vois-tu, dit-il, là-bas, ce superbe Astaroth?
Qui se tint clos chez lui comme un pauvre escargot,
Transi, sans mouvement, dans sa triste coquille,
Quand nos canons grondaient dans ces jours de bisbille.
Ce héros, dans un trou, d'épouvante frappé,
Comptant sur l'avenir, d'intrigue enveloppé,
En sort aujourd'hui fier à la mine croquée,
Dans l'espoir d'attraper près de toi la becquée ;
C'est, mon fils, j'en suis sûr, quelqu'ancien trésorier,
Renégat d'habitude, ou quelque chancelier ;
Et cet épauletier frappant l'air de sa brette,
Dont le rare courage embellit la gazette?
C'est encor ce grand duc..., arrivant frais, dispos,
Pour t'offrir ses avis sur la loi des impôts,
Les moyens d'exploiter au mieux le seigle et l'orge ;
Jadis, ce digne chef souffrait qu'on nous égorge
Pour sauver ses fourgons qu'une triste victoire
Lui ramena pleins d'or ; ce trait est dans l'histoire.
Mais, ô mon fils, bientôt arrivera le jour,
Où le ciel courroucé punira ce pandour.


Oh! pour le coup, voilà notre grand Alexandre,
Celui qui de son souffle a réduit tout en cendre,
Du fond de son hôtel..., cet illustre guerrier,
Le nez toujours au vent, est un bien fin limier.

Vive ce beau marquis que tu vois en colère
De ne pouvoir d'en haut mesurer l'hémisphère ;
Arrivé tout exprès, brillant comme un soleil,
Pour t'annoncer qu'ici ne vit pas ton pareil;
Que sous toi le bonheur durera davantage;
Que la paix, l'union, seront notre partage.
Cet homme, Ermir, n'a pas le plus petit désir
D'être admis aux honneurs; c'est pour son seul plaisir
Qu'il vient montrer son nez ; réglé par sa sagesse,
Quand il vote au scrutin ; fuyant l'or sans faiblesse,
Son esprit et son corps, jusqu'à la peau bourrés
De projets, de discours par l'intrigue inspirés;
Habile à publier un décret sans bévue,
Qui donne à toute chose une face imprévue;
En nobles sentimens, selon le cas fécond,
Ingénieux, solide, agréable et profond,
Il ne veut, vrai, de toi qu'un petit porte-feuille,
Sans fonds secrets ; à moins, mon fils, que l'on ne veuille
Après, par gratitude, et pour plaire au pays,
Lui donner deux millions comme petits profits;
Alors, tu le verras, de merveille en merveille,
S'enlever tout en haut d'où l'astre nous réveille,
Y prêcher ta puissance, et par les vents poussé,
Bien l'étendre au-delà du point le plus glacé :
Vois-tu comme il s'abaisse et comme il se replie?
Oh! hé! saute marquis, l'espoir de la Patrie,
Enfant chéri du peuple, allez petit coco,
De cet empire, en peu, tu seras le noyau.
Et ce gros pair surpris de voir que, sans police,
Sans sergens, sans préfets, sans suppôts de justice,
Ces dignes ouvriers, qu'il traite de bandits,

Puissent rire et danser sans troubler le pays,
Triste, pleurant de peur qu'un noble droit d'aubaine
Chez lui n'arrive plus l'enrichir par quinzaine ;
Celui-là veut, mon fils, qu'entre amis et parens,
L'on s'entregorge ici pour le choix des tyrans ;
Ne voyant que lui seul, ne s'aimant que lui-même,
Mais, sur un tel forban, Dieu prononce anathème.


Honneur, gloire et respect à ce chef généreux
Qu'entoure au loin, là-bas, ce peuple valeureux.
Tous ces héros trompés marchent quand on l'ordonne,
Et chantent, quand on veut: Un jour de cette automne....
Ce bel air que tu sais..., si connu des enfans,
Et que dans ce pays l'on fredonne en tous temps.
\* Tu vois comme ici-bas tout passe et tout s'enfile,
Et sans savoir pourquoi l'on se fait tant de bile.
Maintenant, garde-toi de feindre ou de mentir ;
Ce péché ternirait ton brillant avenir ;
Pour bien vivre, mon fils, il faut apprendre à vivre ;
C'est là, dans ton état, un bon conseil à suivre :

> Ensuite, la messe ouïras,
> Les fêtes de commandement
> Tous tes péchés confesseras
> Au moins à Pâques humblement,

Si tu veux à Paris y vivre longuement :
Car tu sais qu'en ce lieu la fortune nous joue,
Qu'on y tombe souvent du plus haut de sa roue.


\* En ce moment, le grand papa tient, mais très bas, à **Ermir**, le langage suivant.

De tout ce dont, Ermir, ici, je t'avertis ;
N'en conclus que ton bien, et fais-en tes profits ;
Peut-être il se pourrait qu'une affreuse cabale
Se formât dans l'hôtel pour qu'ici l'on t'empale.
Tu feras bien le sourd, le mielleux, le calin,
Et de ce noble lieu fuira l'esprit malin.
Et si sur quelque vice on pensait te confondre,
Je suis là, ne crains rien, je saurai leur répondre ;
En attendant, il faut, pendant ces jours brûlans,
Sourire à tout le monde, aux petits comme aux grands,
Dont aujourd'hui, mon fils, la farouche Bellone
Aiguillonne les cœurs pour tresser ta couronne.


As-tu vu ces petits, couverts de sang, de feux,
Courir pour renverser ces escadrons fameux ?
Improviser aussi ces légions indomptables,
Dont le choc dissipait ces foudres redoutables.
Que la mort quelquefois met dans leurs dures mains
Lorsqu'elle veut punir ces rois fourbes et vains :
C'était pour nous... Vois-tu, ces trois jours de bataille
Leur offraient plus d'attraits que trois jours de ripaille.
Ainsi, mon cher Ermir, de ces peuples guerriers,
Si tu veux être ami, promets-leur des lauriers,
D'autres combats ; alors s'écoulera ta vie
On ne peut mieux choyée, et des Dieux applaudie.
—Après il me souffla ce serment court, mais beau...
Que je n'ai point tenu, Zora, pas si nigaud.


A ces mots, cependant, j'usai de mon adresse,
Feignant de l'écouter, je fis belle promesse,

Et lui dis : bon papa, j'agirai sagement.
Et ferai de mon mieux pour te rendre content.
—Très-bien, mon fils, très-bien, embrasse ton vieux père ;
Dans ces bons sentimens tu marcheras j'espère.
—Puis, prenant un ton haut, il dit à ses amis.
Rassemblés dans l'hôtel pour le bien du pays :
—Messieurs, voilà l'enfant dont je parlai naguère;
Il sera j'en suis sûr notre ange tutélaire,
Ou de notre pays le formidable appui;
Car, le ciel et ses saints, vrai, n'ont d'yeux que pour lui;
Il faut, sans plus tarder, lui donner la maîtrise.
Vous vous fâchez? Eh bien! si cela vous défrise,
Ou que vous le trouviez trop jeune en ce moment,
Nommons-le pour un mois notre sous-intendant....
—Mais si le sort voulait qu'il fît quelque fredaine?
—Eh bien, en pénitence on le mettra sans peine.
—Tout beau, ne marchons pas si vîte, grand papa;
Car, c'est vouloir trop tôt chanter Alleluia.
—Taisez-vous, raisonneurs; qui parle de la sorte
N'est pas un bon Français; qu'on le mette à la porte!
Si vous me fatiguez de propos insolens,
Je vous enverrai paître, insensés, ignorans;
Avant de m'interrompre, au moins daignez m'entendre :
Je vous ai dit cent fois, vous devez me comprendre,
Que chez vous la folie enivre la raison,
Et que vos volontés ne sont plus de saison;
Refuser cet enfant serait un tour indigne :
Savez-vous qu'il descend d'Hercule en droite ligne?
Ce vainqueur des vainqueurs qu'on a tant regretté.
—Bah! —C'est très vrai messieurs, je dis la vérité ;
Et si son grand cousin aujourd'hui le renie.

Croyez-le, c'est qu'il craint sa valeur, son génie.
Dans peu vous le verrez de gloire revêtu,
Car l'espoir de mieux vivre épure sa vertu.
En vain trouverez-vous quand je parle à redire ;
Je parle d'un héros et non d'un triste sire.
Voilà l'homme actuel, il court du blanc au noir,
Il défait au matin ce qu'il a fait le soir;
Et saute comme un fou de pensée en pensée
Quand par l'effet du sort, dans sa course insensée,
Il se trouve flottant entre mille embarras,
Ne sachant ce qu'il veut ou ce qu'il ne veut pas ;
Et vous, là-bas, messieurs, ne faites point les sourds;
Approchez, avez-vous bien compris mes discours ?
Vous voyez, il promet d'être on ne peut plus sage,
Et d'avoir en tout temps la raison en partage,
Surtout d'approfondir les leçons qu'on lui fait,
(—Pour un temps seulement jusqu'au plus que parfait—),
Et plus d'ambition ! Le dédain et la haîne
Ne tiendront plus nos bras, nos esprits à la chaîne ;
Vous en doutez je crois? et moi je vous prédis
Qu'il nous enverra tous un jour en paradis.
Croyez, ne croyez pas, faites-moi la grimace,
Ici, pour vous convaincre il n'est rien que je fasse.
Ne remarquez-vous pas en lui déjà cet air
D'un duc fier de s'asseoir comme un astre dans l'air ?
Approchez, bel enfant, que l'on vous examine,
Voyez-vous quelle tête et quelle belle mine ?
Allons, ne faites pas ici l'enfant gâté,
Illustre rejeton du dieu l'Égalité,
Et quittez s'il vous plaît cette allure gamine
Qui ne vous convient plus; devant de la débine

En sortir à l'instant ; levez sur nous vos yeux,
Je ne veux plus vous voir cet œil faux, soucieux,
Vous voyez, son visage est franc et non perfide ;
Mais daignez l'excuser, il est un peu timide,
Petit défaut pour nous d'un très bon pronostic ;
Allons, tenez vous droit, saluez le public
De la main et du pied ; montrez-lui le visage,
Dans les jours solennels à Paris c'est l'usage.
C'est très-bien..., maintenant agissons ric à ric...
Car il faut en finir, c'est là pour vous le hic,
Et chantons tous en cœur cette belle cantate
Du grand compositeur monsieur de tristàpate.


AIR :


Soyez notre sauveur :
En homme d'un grand cœur
Venez comme un messie
Secourir notre vie.

# L'ÉMISSAIRE.

Messieurs, un citoyen demande à vous parler.
— Que veut-il? — Je l'ignore. — Eh bien! faites entrer.
   — Salut! héroïque assemblée,
Soleil de l'univers et de gloire affublée.

— Eh bien ! que voulez-vous avec ce ton hautain ?
— Messieurs, je viens ici de la part de mon maître *
Qui désire savoir si chez vous ce matin
Un enfant insoumis autant qu'on le peut être
Ne s'est point introduit avec l'esprit malin ;
Il a (vous m'entendez) un faux air de Mandrin.
C'est un petit hableur, ne parlant que de gloire,
S'enveloppant toujours de l'ombre la plus noire.
— Quel est cet insolent ? Monsieur, expliquez-vous ?
N'êtes-vous pas un peu de la race des fous,
Pour venir nous parler hardiment de la sorte ?
Car vous mériteriez qu'on vous mît à la porte :
Pour vous servir ici nous ferons ce qu'il faut ;
Mais avant parlez-nous le front un peu moins haut.
— « Messieurs, je ne crois point blesser la bienséance,
« En vous parlant ainsi d'un petit libertin
« Qui depuis quelques jours vivant dans le silence,
« De toute sa famille évitant la présence,
« Par sa folle conduite indigne son cousin,
« Que vous connaissez tous vrai cœur de Berdandin... ;
« Cet enfant vicieux dont l'ignoble conduite
« Ne lui prouve que trop les motifs de sa fuite.... »
— Et comment nommez-vous ce petit déhonté ?
— Ermir. — Ce bel enfant, l'espoir de la patrie,
Pour qui nous tous ici donnerions notre vie ?
Mais il vient de jurer qu'en peu la liberté
Par ses nobles efforts faisant le tour du monde,
Nous vivrons en commun, dansant tous à la ronde.
Le voyez-vous, là-bas, prêchant l'égalité,

* Darle.

L'amour du bien de tous; c'est un enfant bien sage,
Qui raisonne très bien, et surtout pour son âge,
Ermir! l'on vous demande; attendez citoyen.
— Qui donc, mon bon papa? — C'est votre grand cousin.
Allez, dépêchez-vous, que rien ne vous arrête.
Puis revenez bientôt pour terminer la fête?

# L'AGONIE D'UN HÉROS.

Eh bien! d'où sors-tu donc, d'où viens-tu de courir?
Ermir, as-tu juré de me faire mourir?
Toujours comme les chats, nuit et jour à la quête
Des moyens les plus vils, pour faire de mon front
Tomber ce pur bandeau, dont la branche cadette
Et les braves Gaulois l'ont paré sans affront;

En serais-tu jaloux? Parle, mauvaise tête.
Rien qui borne tes tours : avide, impérieux,
Tu brodes tes discours de mots mystérieux ;
Devant moi, tu rougis, tu deviens rêveur, sombre,
Et sembles répugner de sortir de ton ombre.

Enfin, d'où sors-tu donc? du fin fond des enfers?
De tous ces grands braillards tu veux singer les airs.
Hélas! privé de dents, je ne puis plus te mordre ;
Mais n'importe à ta haine, ingrat, je vais mettre ordre.
Te punir, corrupteur, de tous tes vilains tours,
De cette vie errante, et de tous tes détours.
Quitte, je te l'ordonne, aujourd'hui cette allure
Qui n'atteste que trop ce qu'un prélat * prédit,
Saint homme au doux regard, au fougueux appétit,
Que bientôt envers moi tu seras un parjure.
S'il en était ainsi, par les dieux, je te jure
Qu'à l'instant dans ton cœur ce fer serait plongé.
Que sait-on? le pays, par cet acte vengé,
Peut-être rendrait grâce au ciel, à la nature,
De voir de sa maison, chasser ton ame impure ;
Prends garde, de Satan je te sais protégé.....
Au reste, c'est connu j'ai la cervelle bonne,
Je saurai résister au mal que l'on me donne ;
Mais, voyons, qu'as-tu fait dans cet antique hôtel ?
— Mon cousin, j'y parlais des préceptes du ciel ;
Plusieurs s'y disputaient pour avoir la pitance ;
D'autres y discutaient une belle ordonnance

* Calil.

Pour vivre en bons amis. — Vraiment? mais c'est très bien ;
— Surtout, des beaux rapports des budgets de finance,
Pour les happer sous cape, en bonne conscience,
A la mode Geusot, ministre très chrétien.
— Me voler mes profits! Est-ce sûr? — Ma parole,
Qui n'est point mon cousin la parole d'un roi.
— Ce n'est donc point, Ermir, folie ou babiole?
— En pouvez-vous douter? j'ai juré sur ma foi!....
— Y parlait-on, sais-tu, de mon grand ministère?
— Ah! bien sûr, l'on criait de le mettre en poussière.
— Ciel de Dieu! se peut-il? que disait-on de plus?
— Que chez vous, tout à l'heure, apparaissant Jésus,
Vous alliez devenir un grand saint sur la terre ;
C'est bien pis, que bientôt dans leur juste courroux
A travers l'univers y perçant plusieurs trous,
Ils vous feraient filer pour un autre hémisphère :
Et cela, grand cousin, tout exprès pour vous plaire.
Vous devez, ce me semble, être content de nous?
— Arrête! ces gens-là sont tous dans la démence.
— Oh! que non! sous leur chair sont cachés de grands cœurs ;
Ils n'ont qu'un seul défaut, c'est d'être un peu hableurs.
— Allons, je suis content de ton obéissance ;
Mais, as-tu bien, dis-moi, retenu la leçon
Que ces héros t'ont faite à l'hôtel de mon père?
A-t-on chanté? — Beaucoup. — Qu'elle est cette chanson?
Mais.... c'est je crois.... sur l'air : Tu partiras j'espère....
Non.... tenez.... m'y voilà.... C'est au son du canon....
Qu'on vous verra bientôt danser sur la coudrette.
Mon cousin, vous laissez tomber votre casquette.
Permettez.... je la tiens, me la donnerez-vous?....
— Te donner ma casquette, Ermir, n'es-tu point fou,

Laisse, laisse ça là ; chante, mauvaise tête.
Ta petite chanson, commence ; es-tu d'à-plomb ?
— Oui, cousin. — Pas si fort! prends sur un autre ton.
C'est cela, cher enfant, il est bien en mesure ;
A Feydeau, nos chanteurs n'ont pas si belle allure ;
Bien, Ermir, tu feras un très bon comédien,
Et surtout aux Français le plus grand des Tartufes ;
C'est un état pour toi ; l'on y gagne du bien.
Ensuite, que je sois un dindon plein de truffes
Rassasiant ton cœur et ta voracité,
Tu me remplaceras... Vive la liberté !


Cependant tout enfant que j'étais, plein de flamme,
Toujours prêt à sauter, à faire mille traits,
Pour plaire à mon cousin, hélas! je remarquais
Que les esprits malins s'emparaient de son ame.
« Ermir, me disait-il, ingrat, mauvais sujet,
« Tu me trompes ; vois-tu la majesté suprême,
« Dans son courroux, sur toi, fulminer l'anathême.
« Ah! je ne sais que trop que pour moi, c'en est fait ;
« Mais, traître, tu mourras ; rebut de la nature,
« Va, je laisse aux enfers les soins de ta torture ! »
— Et se tordant les bras, l'œil fermé, sans couleur,
J'étais là.... devant lui, contrit, comme un pécheur
Que rongent les remords d'avoir trahi son maître,
Dans l'espoir après lui d'avoir un grand bien-être.


Effrayé de le voir dans ce piteux état,
Je fis entrer mes gens, sabre nu ; quel sabbat !

L'un par ici criait, ô bonne sainte mère !
Pour que de ce héros s'appaisât la colère ;
L'autre de Jupiter même implorait l'amour
Pour que dans ce moment il leur devînt prospère ;
Moi, je tapais des pieds en criant comme un sourd.
Tout à coup, un malin de l'illustre assemblée,
Arrivant tout exprès par l'ordre des docteurs....
S'écria d'un ton grave et la mine troublée :
Je vous apporte ici l'eau des quatre voleurs ;
C'est un remède sûr pour tous les maux de cœurs.
Mais je crois que ce n'est qu'une forte colique ;
L'élixir que voilà suffit pour l'appaiser.
Laissez-là, s'il vous plaît, ce ton mélancolique
Qui n'aboutit à rien dans ce moment critique.
Ainsi, mes chers amis, c'est assez de pleurer ;
Son mal ne sera rien, il lui faut un peut d'air :
Qu'il sorte ; mais avant, ôtez-lui sa casquette.
Ce qui fut dit fut fait. Je m'approche aussitôt,
Je la grippe, et soudain, sans souffler un seul mot,
Tout de gô j'en coiffai ma magnifique tête ;
Mais le cousin lorgnant d'un air très malhonnête,
Je m'écriai : voyez quelle grimace il fait !
Ce pauvre et cher cousin, grand Dieu ! comme il me guette !
Comme il tremble ! aurait-il commis quelque forfait ?...
— Tous de crier, hélas ! c'est la fin de sa gamme ;
*De profundis*, Seigneur, prenez vite son ame !
— Nous en étions tous là, quand d'un ton menaçant,
Enflammé de courroux, tout à coup s'élevant
Je le vis se saisir de sa terrible épée
Invoquant à grands cris le tout puissant Allah.

C'est alors qu'apparut la troupe bien nippée,
De tous ces beaux dandys à mine de poupée ;
L'un criait : au voleur ! l'autre criait holà !
Moi qui tenais le lot, je les plantai tous là
En chantant : « C'en est fait la patrie est sauvée.
*Morietur invictus !* » La séance est levée !
Eh bien ! le croiras-tu, Grandcour dans le désert,
Combattant en héros, n'eut pas un ton si fier !

# LES PANTINS.

C'est ainsi que j'obtins, par mon espiéglerie,
Quoique fort jeune encor, un si brillant emploi ;
Mais avec quels détours et quelle effronterie !
Car, Zora, tu le sais, bien qu'aimé de mon roi,
Trompai-je ce cousin ! et toujours, à toute heure,
Tantôt au grand manoir, où, loin de ma demeure,

Posté comme un renard à l'ombre des vieux murs;
Ruminant des méfaits, tramant des plans impurs,
Que sous l'aile du sort, alors pour moi prospère,
J'aurais craint d'étaler aux regards du vulgaire.


Avec quel doux plaisir, pour mieux tuer le temps...
Je charbonnais partout des grands hommes d'épée,
Arlequins, généraux, hannetons en pipée,
Ministres et préfets ou mannequins fumans
Etaient tous bien postés sur mes vieux rudimens...
Sur les revers surtout brillait une nichée
De ces soldats à poil, à mine effarouchée,
Entortillés de bleu dans du rouge éclatant,
Ainsi que des oiseaux tous d'une rare espèce,
Tels que ducs, perroquets, beaux faisans de Gonesse,
Êtres très-dangereux, au regard menaçant.
Tous ces pantins formaient un tableau fort comique,
Alors j'étais bien loin de craindre la critique.
Toujours de bonne haleine et toujours effronté,
Foulant aux pieds l'honneur, surtout la vérité,
Partout je barbouillais. Étais-je dans la rue?
Sur un mur je traçais un grand cheval qui rue;
Voyais-je un beau portail, tout neuf, frais décoré?
J'y courais aussitôt, j'y plaçais un curé,
Des pierrots, plus souvent une grosse citrouille,
Où bien des mirlitons, des soldats en patrouille.


Je crayonnais très bien une rose, un laurier,
Mais mieux un bel œillet; oh! surtout un poirier;

Non pas ceux dont le fruit âpre, sûr, détestable,
Ecorche le palais par son goût pitoyable ;
J'entends parler de ceux dont le fruit est parfait,
D'aise faisant pâmer un ministre, un préfet.


Ah ! quel temps, O Zora, que l'âge de l'enfance !
Tout est bonheur alors, tout n'est que jouissance ;
Et lorsque quelquefois, tu t'en souviens aussi,
Voulant dans mon humeur exempte de souci
Me divertir un peu de cette avide engeance,
Au castel, j'habillais Minet en Guizotot,
Carlin en Thierscelet : comme ils avaient l'air sot !
Carlin * ne mordait pas, il faisait la grimace,
Mais Minet caressait de crainte qu'on le chasse.
Aussi je ne savais pas un mot de latin,
Préférant barbouiller, et du soir au matin.
» O temps ! O mœurs ! Enfans, comme un rien les amuse !
» Et comme dans ce monde et tout passe et tout s'use !
Et l'école, grand Dieu ! lorsqu'un cas m'y portait,
Pour faire tout mouvoir quel vacarme on faisait !
Ce n'était qu'un seul cri : — jouons à pair et passe !
L'un sautait par ici, l'autre perdait sa place,
C'était alors la mode ; ah ! que l'on s'amusait !
Que j'aime à rappeler ces premières années,
Ces fleurs de mon printemps, hélas ! trop tôt fanées ;
Je fus traître, il est vrai, depuis ces jeux d'enfans ;
Mais, Zora, depuis lors, il s'est passé sept ans !


* Caricatures de cette époque.

# RÉFLEXIONS PHILOSOPHIQUES.

Aujourd'hui la raison dans mon esprit abonde (*),
Elle prend son essor pour planer sur le monde,
Et dans mon noble emploi, pour quelque temps niché,
J'attends l'évènement comme l'oiseau perché ;

* Ermir est devenu aujourd'hui un grand personnage et un grand philosophe.

Mais lorsque quelquefois dans ma douleur amère,
Je laisse errer mon âme au loin dans l'hémisphère,
Voulant approfondir les causes, les effets
De cet astre brûlant, de son cours, de ses faits,
Ou bien qu'enseveli dans de sombres pensées,
De nuages épais et lourds parfois bercées,
Je cherche les moyens de me débarrasser,
La nuit comme le jour je ne fais que rêver :
Tantôt, c'est une idée ou plus ou moins obscure
Qui naît dans ma cervelle, ou moins nette ou plus pure;
Tantôt, c'est quelque plan combiné sagement,
Basé sur A plus B géométriquement,
Pour de l'astre malin corriger l'influence,
Craignant pour mon pays la peste et l'indigence,
Ou qu'un nécromancien, semant partout des sorts,
N'insurge contre moi le royaume des morts;
Car trouverai-je après d'autres bras téméraires
Qui voulussent encor, me devenant prospères,
Vaincre pour conserver sur nos sacrés autels
Ma gloire, dont l'éclat éblouit les mortels;
Je ne le pense pas : de ce puissant empire
Les sujets trop méchans, dans un nouveau délire,
Me feraient fondre au feu comme un bonhomme en cire;
Juge alors quel malheur! et pour moi quel chagrin
De perdre mes profits et tout mon saint frusquin.
Il est vrai que Pernard, dans sa douleur profonde,
D'un doigt écraserait le ciel, la terre et l'onde;
Que les trois cuisiniers, Martin, Lomé, Pargout,
De tous les Francs feraient un excellent ragoût;
Mais à quoi servirait cette affreuse vengeance,
Une fois disloqué par une omnipotence ?

Aussi suis-je aux aguets, tremblant au moindre bruit,
Escorté de sergens dans mon noble réduit,
D'où par des complimens toujours je les amorce,
Pour qu'ils me laissent vivre; et s'il le faut, par force,
Protégé non des dieux, mais des grands renégats.

Et lorsque dans les cieux j'aperçois les éclats
D'un rayon me couvrant d'une pâle lumière,
Pour, contre les méchans, ployant sous ma colère,
Assez sots de vouloir que je ne vive pas,
Me servir de rempart et protéger mes pas
Dans ma course hasardée au plus près des abimes,
En m'inspirant à flots des pensers grands, sublimes.
Ah ! comme alors, Zora, je suis fier et content
De pouvoir à mon gré me garantir du vent !
Manier les esprits remanier le code,
En légiste profond le remettre à ma mode,
Et surtout de pouvoir, en brave stathouder ...
Regorgé d'or, de biens, rire, boire et chanter !
Ou que de mes travaux je cherche à me distraire,
Laissant des plats valets la gent nobiliaire,
Je prends la clé des champs ; là, de la liberté
Je raisonne tout seul, parfois... d'égalité....
De ces hommes sans frein, qui d'un ton fier, sévère,
Souvent aux cieux brûlants empruntent le tonnerre,
Et qui, d'un regard d'aigle et le front élevé,
Voyant sans s'émouvoir rouler sur le pavé
L'airain qui (des palais toujours le satellite)
Partout vomit la mort lorsqu'un peuple s'agite,
Sont grands par leur vertu, ne respectent du sort
Ni caprices, ni lois, et méprisent la mort ;

Les choses à venir et les choses passées,
Ainsi que le présent occupent mes pensées,
Surtout ces jours brillants dont les rayons divins
Frappèrent tant ma vue éclairant les humains!
Là, je polis ma langue et la rend bien dorée,
Afin qu'en tous pays elle soit révérée,
Que le son de ma voix soit pur, mélodieux,
Exempt de phrase impropre où des tours vicieux;
Mais c'est quand quelquefois, charmé d'être un grand sire
Au front noble, élevé, tel que celui d'un sbire,
De sourire aux mortels qui, la coupe à la main,
Ont étanché leur soif dans des flots de venin,
Je suis tout à coup pris d'une brulante fièvre;
Ah! me plais-je à crier d'une perfide lèvre,
Echo d'une ame impure, aux pensers d'un tyran,
Qu'entortille la pourpre et l'esprit de Satan:
« Dieux! que j'aime d'un roi la bonté secourable,
« Sur son peuple jetant un regard favorable!
« Et faisant ses efforts d'un cœur patriarchal,
« Pour empêcher qu'un jour il aille à l'hôpital,
« Surtout lorsqu'il déclame: on aura l'abondance,
« Vous serez tous heureux, j'en donne l'assurance,
« Oui, les faisans rôtis tomberont en tous lieux,
« C'est bien mieux, bons sujets, l'or naîtra sous vos yeux! »
Alors je n'y tiens plus, et la mine éclaircie,
Je cours partout chanter un: je vous remercie.
Eh bien! le croiras-tu, là, tout seul quelquefois,
Voulant me divertir à la mode des rois
De ce siècle sujet souvent à la démence,
Je fais comme jadis, dans mon heureuse enfance.
Je barbouille partout encore des marquis.....,

Aux doits longs et crochus, un ministre à tout prix ;
Et si je vois surtout la surface polie
D'un brevet de grand-duc qui vers moi se rallie,
Ou d'un comte ruiné les sales parchemins,
J'y repeins aussitôt l'ordre des sacristains.
Il me semble te voir rire de mes caprices ,
De ces jours où les dieux me furent si propices,
De mes tours sans pareils, de ces jeux innocens
Que l'illustre cousin trouvait fort peu décens,
Dont j'ai tant profité, grâce à mon bon génie :
Que veux-tu, ma Zora, c'est toujours ma manie
Même dans mon emploi ( mais pendant mes loisirs) ;
Les hochets peints en rouge excitent mes plaisirs,
Aussitôt étalés, les bambins sautent, crient :
—Oh! là, là! qu'ils sont beaux ces joujoux! comme ils brillent !
Monsieur, donnez-m'en un, je vous aimerai bien ;
Je ferai tout pour vous, pour sauver votre bien !
—Moi, je donne, je flatte, on rit, eh ! comme ils rient !

# LE GÉNIE DE LA GLOIRE.

O Zora ! c'est ainsi que les destins varient,
Que sous leurs coups ici germent l'ambition,
Le mensonge, l'astuce et la corruption !
Aurais-tu jamais cru qu'un jour dans ma jeunesse,
Dans mon âme le vice éteignant la sagesse,

Des sots m'élèveraient au rang des demi-dieux ?
Qu'à mon aspect partout, l'or naîtrait sous les cieux !
Que tout à coup assis après sur le pinacle
Je serais ce génie annoncé par l'oracle ?
De Pantin jusqu'à Sceaux, le phénix des guerriers ?
Las dans mon grand emploi, de cueillir des lauriers ?
Oui, Zora, ce César, ce fameux capitaine,
Qui ne livrait combat qu'aux lapins de garenne,
Aujourd'hui ne doit point être à moi comparé,
A moi dont le grand nom ne fut jamais taré.

Escorté de héros dont s'éblouit la terre,
Je vis fier comme un coq sur mon fauteuil de verre,
Ou là, bien à l'abri des amis de Satan,
J'éloigne l'avenir avec un talisman.

O Zora ! maintenant que pourras-tu me dire !
Il faudra bien aussi qu'à Rome l'on m'admire !
Surtout quand ils sauront que de cet univers
J'ai chassé sans rougir mille peuples divers ;
Qu'ayant de ces exploits fait du monde un théâtre,
Dieu même est devenu de ma gloire idolâtre !

Voilà donc cet enfant autrefois si gâté,
Que par zig et par zag pétrit l'égalité.......
Ce bel ange aux yeux doux, sœur de la liberté,
Se carrant comme un roi, ceint d'un beau diadême,
Et dont le sort brillant rend ta surprise extrême!

Parle ! à quoi bon, dis-moi, maintenant la vertu,
Cette fille du ciel dont on est rebattu,

Puisque Dieu nous admet sans elle au rang du juste !
Judas avait raison, ce personnage auguste,
Quand il prêchait qu'ici pour être bon chrétien
Il fallait bien mentir, être fourbe ou païen ;
Maxime que je suis, dont je ne puis me plaindre
Malgré quelques mutins qui voudraient me contraindre,
Et sans savoir pourquoi, de me donner de l'air ;
Mais avec mes gros gas aux estomacs de fer,
En héros, bien assis sur mon fauteuil de verre,
J'essaie en les flattant d'appaiser leur colère.

Zora, tu sais qu'ici le plus fort à raison,
Quand usant de son droit il joue du canon
Pour sauver s'il le peut, par ce mordant fluide,
Le bien qu'il a trouvé dans une place vide ;
Eh bien ! le croiras-tu, des gens d'un ton vilain,
En fixant le soleil, me disent : — non, malin ;
Ce sont des obstinés, vrais enfans du caprice ;
Un oui chez eux est non. Aujourd'hui, par malice,
Dans tout ce que je fais trouvent-ils rien de bon ?
Jamais ! je crois qu'ils sont possédés du démon !
J'ai beau rire et chanter tout exprès pour leur plaire,
Ils n'en sont pas meilleur, je ne sais plus qu'y faire ;
Pourtant dans mon emploi je suis très bien planté,
Y tiendrai-je ? ah ! Zora ! dis-moi la vérité !
Surtout s'il est réel que dans l'apocalypse
On prédise à mon astre une fâcheuse éclipse :
Que penses-tu sans fard de ce point important ?
Car je crains bien qu'un jour quelque fort coup de vent
Ne me chasse trop loin de ce palais de fées
Où les songes divins ballotent mes pensées,

Où les plus fins matois trébuchent bien souvent
Contre ce cri trop haut : — En avant ! en avant!
Que poussent ces vauriens lorsqu'on les tarabuste.

L'homme, dans ce pays, rit bien, mais peu, tout juste,
S'il lui prend fantaisie, il vous pointe aussitôt
Un coup de pistolet comme sur un pierrot,
Pour bon tireur, néant ! Dieu sait comme il ajuste !

# LE PORTRAIT.

Mais enfin revenons à mon brillant portrait ;
Au public il plaira, si le sujet te plaît.
Je ressemble d'abord au sémillant Macaire :
Comme lui, me dit-on, j'ai ce qu'il faut pour plaire ;
En gloire, en ce pays, je n'aurai de rivaux,
Tant que je régnerai sur des fous, des nigauds.

13

Quand je suis à cheval, je porte haut ma tête
Pour qu'on dise de moi : cet homme n'est pas bête.
A mon chapeau gaulois lorsque je mets la main,
Que je donne partout des saluts pleins de grâce,
Je crois être parfois un empereur romain,
Tout le monde s'étouffe à courir à ma trace ;
J'ai, me dit-on, surtout des bons et très grands yeux,
C'est dans ce beau pays un bien grand avantage
Pour éviter les sots, ensuite pour voir mieux
Flatter les intrigans, ces gens de haut parage.
Je suis très bon enfant, et lorsque j'aperçois,
Ce qui, belle Zora, m'arrive quelquefois,
Paul et Jacq, Pierre ou Jean empétrés sur ma route,
Cent fois j'offre la main... ah ! quel plaisir je goûte !


Mais quand des gens hautains me lorgnent de travers,
Invoquant un peu trop la fille du génie,
Mon corps tremble, et n'ai pas pour un denier de vie,
Tant je crains par ces gens d'être pris à revers,
Et que l'on ne m'envoie au bout de l'univers ;
Mon sourire si doux devient cruel, perfide,
Et mon cœur, qui ne bat jamais par soubresaut,
S'enfuit dans le néant ; ma figure se ride,
Les nerfs serrent mes dents ; c'est là mon seul défaut.
Que veux-tu ! je frémis quand on parle trop haut ;
Mais que j'aime ces grands, le front bas, têtes nues,
Ils rampent à mes pieds, ils me portent aux nues !


Cependant pour mon bien je fais le bon traitant,
Là, juse de mon droit, je fais belles promesses,
Ici, ne donnant rien, je parle de largesses ;

J'ai même appris par cœur un fort beau compliment
Que ma langue toujours débite à tout venant,
Ainsi je les appaise et conserve ma place,
Il n'est rien pour cela, Zora, que je ne fasse.

Ensuite j'ai bon pied autant que bonne main,
Comme un chef d'institut j'ai deux grandes oreilles,
Mais ils disent ici qu'elles sont sans pareilles,
Qu'ils n'en ont jamais vu faites si drôlement.
Par exemple, ceci m'est répété souvent,
      C'est aussi ce qui me rassure,
Que j'aime le public quand il crie et murmure.
A-t-il un front, cet homme! a-t-il un beau toupet!
Celui d'un conseiller n'est pas aussi bien fait ;
Mais quand au gré des vents flotte ma chevelure,
Il me dit que je fais une triste figure.

Ma bouche est séduisante, on en est enchanté
Surtout lorsqu'on m'entend parler avec bonté.
Au reste, de tout cœur je chéris mon partage,
Et sans que les badauds en soient trop étonnés,
Aussi bien que mon gas Lestropold j'ai le nez
Planté parfaitement au milieu du visage.

    Enfin pour mieux connaître mon portrait,
      Zora, tu n'as qu'à mettre ensemble,
A l'aide d'un crayon (mais si cela te plaît),
      Sur le papier tous mes traits ; il me semble
Que l'on n'a pas besoin d'un pinceau de renom
Pour te peindre une p.... où bien un fin melon.

# POÉSIES DIVERSES.

# POÉSIES DIVERSES.

---

## ÉPITRE A LA BELLE POIRÈME.

Lyre, encore un hommage à l'aimable Poirème,
Femme aux attraits brillans, si doux, la bonté même !
    Que tes sons purs, harmonieux ,
    Réveillent les cœurs soucieux !
    C'est par les chants les plus sublimes ,
    Redits par les échos du ciel

A l'orgueilleux Satan, au fond de ses abîmes,
Qu'on obtient les faveurs de cet être immortel !

Lyre, songes-y bien, sa vie est un mystère !...
    Son ame est la seule sur terre
    Qui brille de l'éclat du lys;
    Comme sa mère, elle eut un fils
    Aux blonds cheveux, au teint d'Iris.
    Aussi vigoureux qu'un centaure,
    Au loin il terrassa le Maure ;
    Ses exploits, chantés en tous lieux,
    Firent craquer l'axe des cieux ;
Et le trépas sur lui perdit son privilége,
Honteux de le voir ferme à l'abri d'un grand siége.

    Toi que nous chérissons, femme au front virginal,
Modèle de sagesse et d'amour conjugal,
    Comme Marie, aux pieds de Dieu le père,
Priant pour les ingrats qui d'un cœur de vipère
Flagellèrent jadis l'objet de son amour
Qu'elle tient dans ses bras, comme craignant un jour
De voir encor meurtrir son superbe derrière,
Tu fais grâce aux méchans ; de leur souffle infernal
S'efforçant vainement d'éteindre la lumière,
Dont de jeunes guerriers, dans un temps triomphal,
Les yeux fixés sur toi, guidés par un génie,
Entretenaient le feu contre la tyrannie.
L'éclat de tes vertus, guidant partout tes pas,
Tu dois, femme chérie, être reine ici-bas ;
(Mais s'entend ton pouvoir n'étant que temporaire),
N'as-tu point de bonheur parsemé cette terre ?

Malheur aux réprouvés qui d'un breuvage impur,
O Poirème, oseraient infecter ton cœur pur !
      Ta gloire, serait leur supplice.
Un jour, tu les verras, enflammés de courroux,
Contraints de se baisser pour cueillir comme nous
Les fleurs que tu répands; mais de chaque calice
Coulera goutte à goutte un sang mêlé de fiel :
Alors le sort pour eux deviendra moins cruel.


Oh ! combien tu nous plais lorsque l'épais nuage,
Réservoir de tes pleurs, couvre ton beau visage !
En rappelant ces jours.... où tu fis sans remord
Couler le sang à flots pour rendre doux ton sort !
      Surtout quand dans ta sainte ivresse,
Que le ciel applaudit dans sa haute sagesse,
Le front pur, tu maudis ces orgueilleux mortels,
Qui d'un zèle hypocrite encensaient nos autels,
Dans ces temples de gloire !.... où, pleins de perfidie,
      Ils osèrent vêtir leur vie
D'une mâle vertu qu'ils quittent aujourd'hui
Pour mieux mettre à l'enchère un misérable appui,
Qu'on a vus, lorsque Dieu, dans son arrêt suprême,
Contre l'impiété fulmina l'anathême,
Chanter, s'épanouir et te baiser la main
Qu'ils arrosaient de pleurs pour cacher leur venin.


Lyre, chante toujours notre aimable Poirème !
On ne saurait assez trop louer ce qu'on aime ;

Mais vois, fixant sur elle un regard amoureux,
Ce Saint se dandinant parmi ces demi-dieux ;
Voudrait-il nous ravir notre espoir salutaire ?
Que deviendrions-nous sans elle sur la terre ?
Le méchant n'a-t-il pas assez d'anges aux cieux !

# Petite Historiette véritable

## ARRIVÉE A JACQUES L....,

*Dans la nuit du 29 Juillet 1830.*

Belle Poirette, ô tendre amie,
Faite pour régner dans le ciel !
Que tu me plais dans ton castel !
Ton cœur exempt de perfidie ,
Ta fraîcheur et tes beaux attraits ,
Ton goût exquis pour les hauts faits ,

Percent mon cœur de mille traits.
Poirette est douce, elle est si sage !
Le miel coule de son langage ;
Nous sommes unis par l'amour
Depuis huit ans !... c'est plus d'un jour.


Ce fut après bien des alarmes
Et les plus glorieux ébats
(Le ciel alors guidait mes pas),
Qu'elle me toucha par ses charmes !
Au milieu d'une sombre nuit,
Rodant par l'air tel qu'un esprit,
A ma porte elle vient sans bruit,
— Qui frappe ? — « Ouvrez ! c'est moi, Poirette,
« Cette fille si joliette ;
« Hélas ! à troubler mon repos
« L'on dit..... que vous êtes dispos !


« Dieu, purifiant la lumière
« De ces grands jours où le tocsin
« Met en émoi le genre humain,
« Me poursuit avec son tonnerre ;
« Où fuir, fils de la Liberté ?
« Ah ! donne l'hospitalité
« A Poirette, l'Égalité !
« Dors-tu ? Viens voir. Oh ! quel beau rêve !
« Le sort dans son courroux t'enlève.
« Ouvre !.... réveille-toi !.... j'ai peur !....
« Ton courage a ravi mon cœur.

« Oh ! mon ami, quelle nuit sombre,
« Que sillonnent de vifs éclairs...
« Entends-tu ce bruit dans les airs
« Qui fait partout jaillir de l'ombre ?
« Tous ces preux, couverts de haillons,
« On les prendrait pour des démons
« Dont le feu fait briller les fronts.
« Et ceux-là, d'une main débile
« Soulevant une arme inutile,
« Que guide une pâle lueur !.....
« Ouvre, de grâce, car j'ai peur !

  « Comme la tendre tourterelle,
« Voltigeant autour de son nid
« Où gémit déjà son petit
« Au bruit léger que fait son aile,
« Je suis là, voltigeant aussi.
« Que n'ai-je une couronne ici,
« Je te l'offrirais sans souci !
« Ah ! daigne accueillir la tendresse
« De Poirette, aimable princesse,
« De grâce, ouvre, car elle a peur
« De ne point régner dans ton cœur ! »

  Enfin, touché de sa tendresse,
J'ouvre ma porte, et dans mes bras
Je presse ses brillans appas :
Pour Poirette qu'elle allégresse !
Tout allait au mieux ce jour-là ;
Baisers par-ci, baisers par-là,
Partout le grand *alleluia*

Résonna dans la sainte ville ;
Poirette aussi fut si docile !
    Nous sommes unis par l'amour
Depuis huit ans... c'est plus d'un jour.

# MALIN SOUPÇON.

LE BERGER POIRILLON ET LA BERGÈRE PARIS.

Oh ! que c'est mal quand on soupçonne
Que Poirillon est inconstant,
Et qu'il a faussé son serment
Envers Pâris, belle personne,
A l'œil sévère, au cœur brûlant.

Cela n'est pas : son caractère
Exempt de vice est trop sincère.
Oui, ce berger est sans détour,
Pâris l'adore, est-ce d'amour ?....

N'aguère, il lui disait je t'aime,
Pour toi je fus toujours aimant ;
La belle alors, d'un air piquant,
Lui parlait d'un brillant système,
Et le drôle faisait l'enfant.
Lui jura-t-il d'être fidèle ?
S'abaissa-t-il au-devant d'elle ?
Oui, ce berger est sans détour,
Pâris l'adore, est-ce d'amour ?...

Un jour, au lever de l'aurore,
Pâris dormait ; mais l'air trop chaud
Soudain la réveille en sursaut ;
Qu'aperçoit-elle ?... un météore
Qui la couvrait du bas en haut.
Voyant de loin ce phénomène,
Le drôle accourt de son domaine.
Oui, ce berger est sans détour,
Pâris l'adore, est-ce d'amour ?....

— Que vois-je ? oh ! quel bonheur suprême !
Pâris, je le dis sans rougir,
Ton devoir est de me chérir ;
Car Dieu rit quand je dis : — Je t'aime !
Et moi, de te voir tressaillir....

Accepte donc ce baiser tendre !
Oh ! craindrais-tu de me le rendre ?...
Oui, ce berger est sans détour,
Pâris l'adore, est-ce d'amour ?....

Enfin, Pâris, l'ame enflammée,
Hélas ! l'accueillant tendrement,
Voulut qu'il devînt son amant.
Etait-elle enthousiasmée !
Mais voilà qu'il est inconstant,
Et le fripon, la tête altière,
Lui tourne aujourd'hui le derrière.
Oui, Poirillon est sans détour,
Pâris l'adore, est-ce d'amour ?

## LE MESSIE.

Vois-tu là-bas ce grand flandrin,
Qu'escortent des marquis sans pain,
Courant chez le père Pancroche
Pour voir si son grand tournebroche
Pourrait rôtir ( bien cuits à temps )
Cent mille dindons ou faisans ?

Et ces tourlouroux, turlurettes,
Ces bergers et ces bergerettes,
Dansant au son du dr'lin, tin, tin,
Des fifres et du tambourin ?
C'est pour honorer le Messie...,
Ce tout petit être amphibie
Qu'une sainte fille du ciel
Par ordre du père éternel
Conçut dans un tuyau de miel,
Né comte, hier, sans misère,
Vêtu de rayons de lumière :
Mais voilà-t-il pas qu'un grand roi
Ordonne, et sans savoir pourquoi,
Qu'on le dorlote et qu'on le lèche
Comme un doux Jésus dans sa crèche !
Nenni ! nenni ! monsieur Coco,
Faut pas troubler son beau dodo.


Et près de ce manoir antique
Cette noble gent héroïque,
En feu faisant le branle autour
Du nouveau saint Joseph *grand cour....*
Avalant tartine et brioche,
Sans craindre la moindre anicroche,
Semant l'argent à pleine poche,
Chantant très fort sur le ton d'ut,
Chacun s'accompagnant d'un luth,
Sans manquer une seule croche :
Vive, vive la liberté !
Honneur, gloire à l'égalité !

A ce messie, au très saint père,
Surtout à cette vierge mère,
Que le sort exprès pour nous plaire
En riant envoya du Nord.


Vite, en chœur, publions dans le plus saint accord
L'âge d'or descendu d'une néoménie....
« A bas les mécréans ! à bas la tyrannie !
« Abondance de bien nen uit point, dit Nolé... »
Cette étoile du jour, cet homme immaculé.
Mangeons, buvons, dansons, vivons pour la patrie,
C'est le sort le plus beau, le plus digne d'envie.


Et ces autres, là-bas, le cœur plein de vertu,
Assis sur un budget, le regard abattu,
Les entends-tu crier aussi : — « Plus de misère,
« Mes amis, l'avenir sera toujours prospère !
« Vous faites la grimace, enfans de Lucifer ?
« Voyez quel bel azur ! pour vous, jamais d'hiver !
« C'est prédit : lisez-le dans Mathieu Lanzeber.
« Allez, méchans, vivez heureux dans vos ménages,
« Et rendez au Messie aujourd'hui vos hommages ! »
Tu vois, dans l'abondance, et croyant tous en Dieu,
Ce tout petit sera pour nous un demi-dieu !

# LE SAUT PÉRILLEUX.

Un jour le grand Jubeaud *, au-delà des déserts,
Après avoir jeté tous les beys dans les fers,
En duel écorché le flanc d'un pauvre singe,
A quatre perroquets enfoncé la meninge,
S'acharnait sans pitié, dans sa rage grondant,
A menacer du poing le ciel et le tonnerre ;
Puis à vouloir tout seul avec son curedent...

* Général gaulois, surnommé l'Africain.

Embrocher le Soleil, notre bien-aimépère ;
Trois fois bien cramponné sur son cheval fougueux,
Pour attaquer d'abord le tour de sa lumière,
Il grimpe tout en haut, épouvante les cieux,
Et trois fois repoussé, ses moustaches en feux,
Ce héros en fureur se perd dans l'atmosphère.
Mais tout à coup, plus vif, plus ardent que l'éclair,
Au galop traversant l'immensité de l'air,
Sans que la moindre sphère osât à son passage
Éprouver les effets de son bouillant courage,
Il combat de plus près, blesse ce pur rayon
Dont le tendre regard enrichit la moisson :
Le grand astre le voit, de son orgueil murmure,
Et, pour le mettre au fait des lois de la nature,
Lui débite aussitôt le verbe *esse sum fui*,
De le laisser en paix qu'il ne luit que pour lui.
Ensuite, avec ce ton d'un astre plein d'emphase,
Il lui crie en latin, mais avec un esprit
Eclairé, pétillant, cette éloquente phrase :
*In gallia Jubaud humiliter vivit ;*
Et, riant aux éclats de sa triste figure,
Avec un brin de feu lui fait deux moulinets,
Qui de ce demi-dieu brûlant le bout du nez,
Sans respect pour son rang l'enfoncent dans l'ordure.

FIN.

# TABLE.

FIN DE LA TABLE.

Imprimerie de WITTERSHEIM,
rue Montmorency, 8.

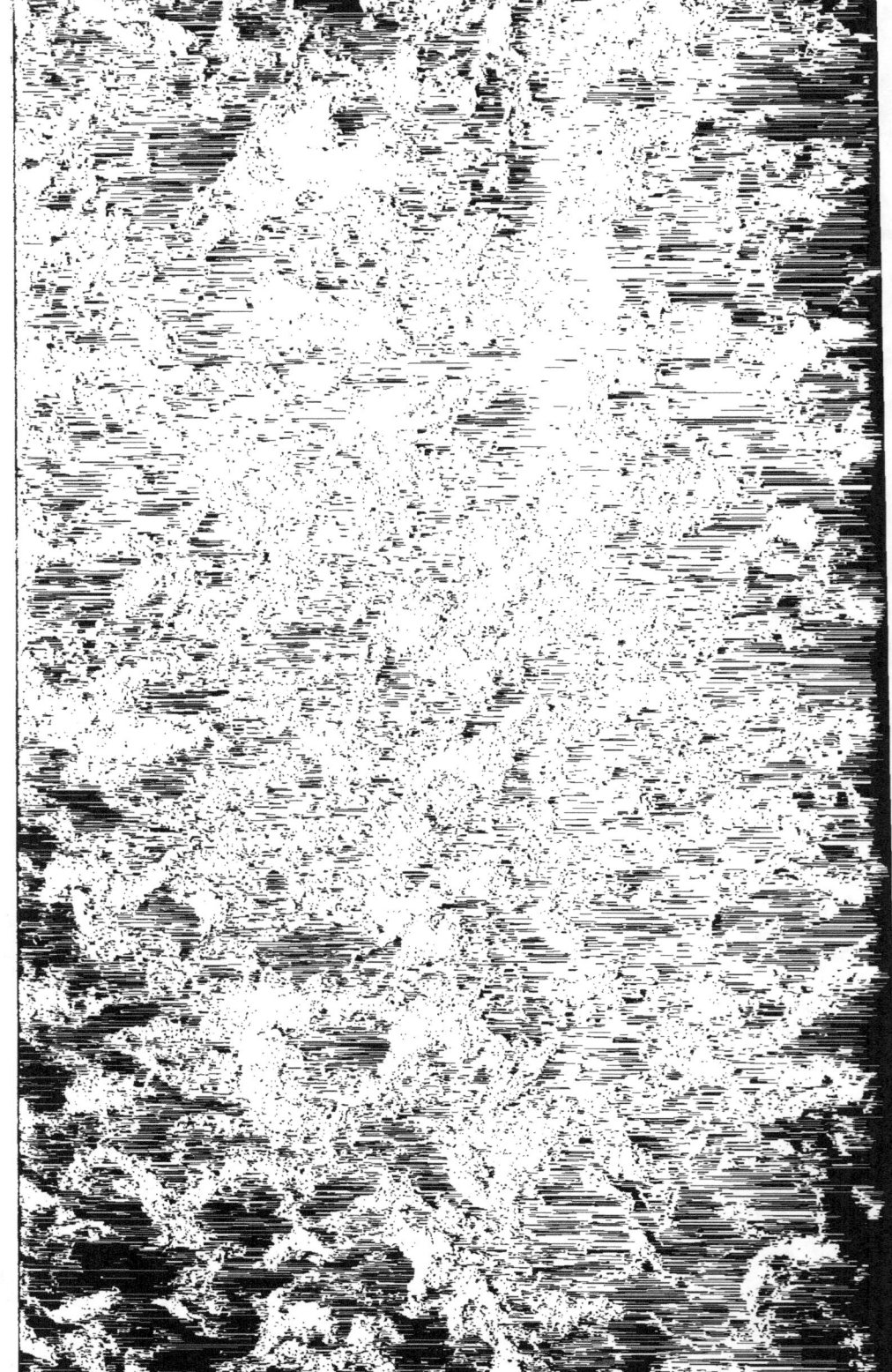

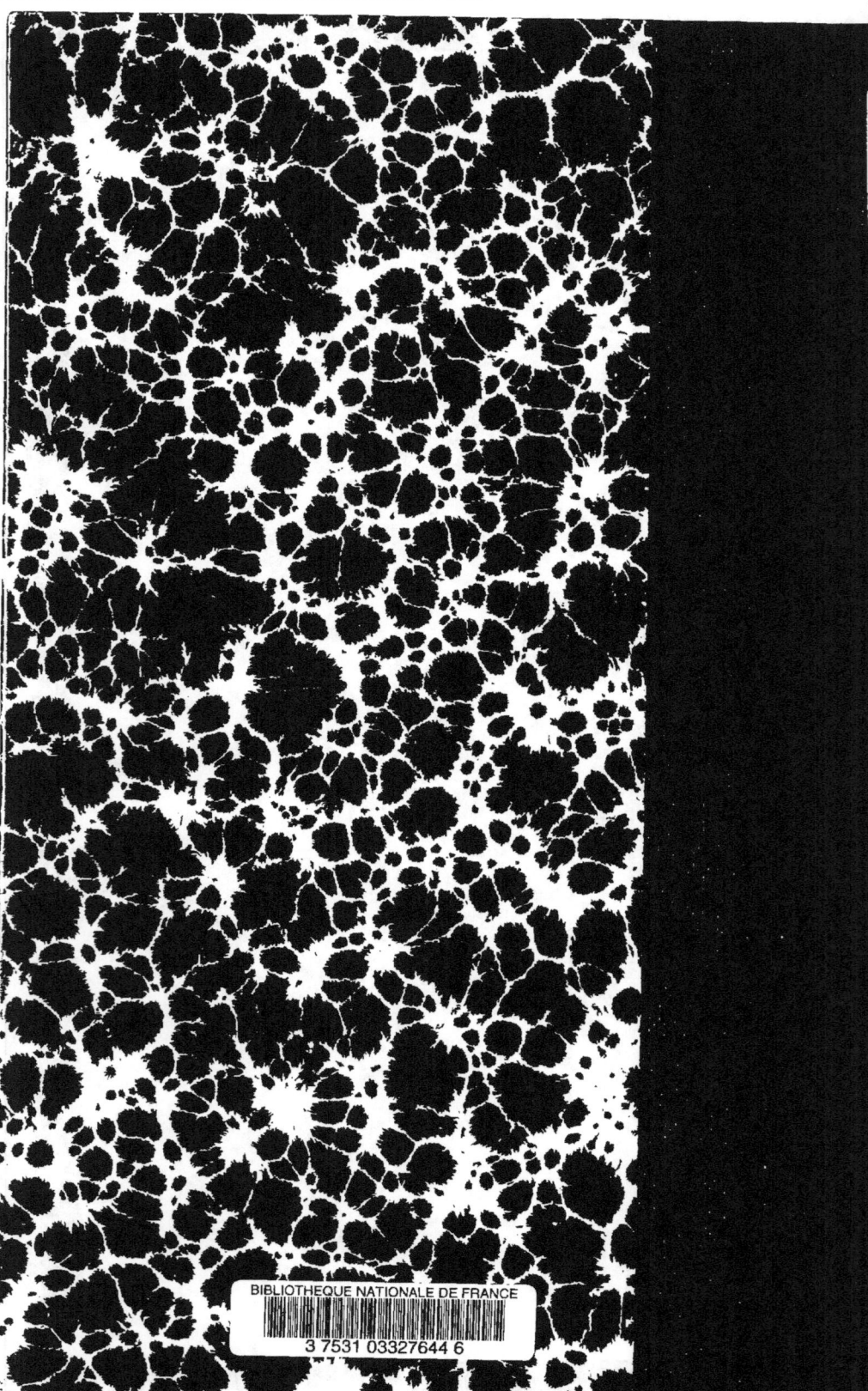